けるかを考えている」

The New magic Life!

ブラック魔道具師ギルドを追放された

私、王宮魔術師として拾われる

～ホワイトな宮廷で、幸せな新生活を始めます！～

V

葉月秋水

Illustration: necömi

PERSONS

ノエル・スプリングフィールド

小柄な新人の王宮魔術師。
平民出身。
頑張り屋さんで、魔法大好き!

ルーク・ヴァルトシュタイン

最年少の聖金《アダマンタイト》級魔術師。
名門の生まれ。
幼少期から神童と呼ばれていた。

ガウェイン・スターク

ノエルたちの上司で、三番隊隊長。
大ざっぱな性格だが、
聖宝《メイガス》級魔術師の一人。

レティシア・リゼッタストーン

三番隊副隊長として
ガウェインを助けている。
大人っぽく、ノエルの憧れの人。

剣聖　エリック・ラッシュフォード

王立騎士団団長。
七百戦無敗を誇る、王国最強の剣士。

ミカエル・アーデンフェルド

王国の第一王子。
天才的な頭脳の持ち主。

前巻までのあらすじ

「ノエル・スプリングフィールド。役立たずのお前はうちの工房にいらない。クビだ」

名門魔術学院を卒業後、体調を崩した母を看病すべく故郷の魔道具師ギルドに就職したノエル。

母は無事元気になってくれたものの、ギルド長の偏見と嫌がらせで、遂には解雇されてしまう。


その時、魔法への道を断たれ絶望するノエルの前に、学院時代の友人ルークが現れる。

ライバルだったルークは、王宮魔術師として歴代最速で聖金級《アダマンタイト》魔術師まで昇格していた。

その彼が、ノエルを相棒《バディ》に指名したい、と訪ねてきたのだ。

ルークの相棒として王宮に入ったものの、平民出身のノエルの力を信じる者はいない。
ノエルはその逆境を、魔力測定壁を壊し、《血の60秒》に合格し、皇妃様を救い、飛竜種と戦い
更には、違法魔法武器を使う危険な犯罪組織を叩き潰し、剣聖との御前試合にも耐え抜いて…

彼女は才能と努力、仲間との絆、「魔法が好き！」という思いで困難を乗り越えてゆく！

平民出身で魔法大好きなノエルと、大貴族の次期当主のルーク。

二人の若き天才が、王国に新たな風を巻き起こす！


ついにルークは新設された七番隊隊長に、ノエルは副隊長に!?　二人の新たな挑戦が始まる！

CONTENTS

The New Magic Life!

願わずにはいられない。たとえその願いが、すべてを焼き尽くすとしても。

プロローグ　始まりの前に

季節はあっという間に過ぎていく。

一ヶ月後、私は新しく創設される、七番隊の立ち上げにまつわる作業に追われていた。

多様化する世界情勢と魔法犯罪に対応するために、試験的に新設される部隊。

魔法に対する関心が強いアーデンフェルド王国の中で、この部隊についてのニュースは、連日紙面を賑わせている。

近隣諸国でも大きく報道されているようで、新しい部隊がどのような役割を担っていくのか、動向を見守っている様子。

しかし、強く関心を持たれている一方で、その立ち上げ作業は決して順調なものとは言いづらかった。

「なにせ、アーネストさんが独断で急遽決定したからさ。前もって準備できてなかった分、いろいろなことが追いついてないというのが実情で」

一番隊中央統轄局総務課の先輩は、困ったように息を吐いて言った。

一番隊隊長を務めるアーネストさんは、王宮魔術師団において事実上の最高責任者を務めている。

総長であるクロノスさんが、時間遡行魔法の研究で十年以上にわたって長期不在のためだ。

アーネストさんの権限と影響力は大きく、今回の七番隊新設も彼が認めたことで大きく動きだしたとのこと。

「本当はノエルさんにもちゃんとした執務室も用意してあげたかったんだけど」

「からかわないでくださいよ。私は執務室なんてもらえるような立場じゃないですって」

「もらえる立場なんだよ、君は。この部隊の副隊長なんだから」

「そ、そうでした……」

まったく現実感が湧かない事実。

恐ろしいことに。

本当に恐れ多いことに、私はルークの指名で七番隊の副隊長を務めることになっているのだ。

注目度の高い新設部隊の副隊長。

名誉なことではあるけれど、心が全然ついていかない。

「入団から一年経ってないのに副隊長ってそんなことあるんですか？」

「前例はあるよ。二百年以上前、王宮魔術師団が創設されたばかりで、いろいろと混乱していた頃のことだから、今回とはまったく事情が違うけど。今のような組織になってからに限ればないよね、うん。ありえない」

「そうですよね。副隊長なんてライアン先輩もまだなれてないのに」

「あの人の場合は一番隊だから、第三席でもなかなかすごいことなんだけどね。隊によっても難易度は変わってくるから、新しく創設された七番隊の副隊長というのは、比較的難易度が低いとも言える。それでも、クリスさんが二番隊副隊長に昇格した入団四年一ヶ月という最速記録を、三年以上縮めてしまってるから、異例中の異例のことには違いないんだけど」

「わ、私がそんな恐れ多いことを……」

未だに信じられない現実にくらくらする。

「とはいえ、入団四年目で隊長になったルークさんの方が、衝撃自体は大きいんだけどね。そこについては王宮の貴族たちからも、いろいろと反発の声が出てるみたいだし。だから、そんなに気にしなくても――ってどうかした？」

私はどうやら複雑な表情をしていたらしい。

少し考えてから正直な思いを言葉にする。

「いや、ルークに負けてるというのはそれはそれで腹立つな、と」

「腹立つんだ」

「見ててください。今度という今度は絶対ぎゃふんと言わせてやるんで」

「張り切りの方向が斜め上すぎる……」

困惑した顔で言う先輩。

しかし、その一方で期待と希望もあった。

ルークが隊長で私が副隊長。

二人で一から新しい部隊を作るのだ。

(いったいどんな部隊になるのかな)

活躍する未来を思い浮かべて、頬をゆるめる。

三番隊みたいに和気藹々《わきあいあい》とした、明るくて雰囲気が良い部隊にできたらいいな。

「七番隊の隊員は、春から入ってくる新人さんになるって話だったよね」

「そうなんです！　後輩が入ってくるんだと思うとうれしくてうれしくて。私も遂に先輩かぁ、かっこいい先輩って熱烈に慕われちゃったらどうしようみたいな。もう想像しただけで胸がいっぱいになっちゃう感じなんですよ」

「ノエルさんは後輩に好かれそうだね」

「こう見えて学院生時代、バレンタインに後輩からチョコレートをもらったことがあります。『かっこよくてかわいくて変態で面白い先輩へ』って。やっぱり後輩から見ると、隠しきれないかっこよさがあるんでしょうね」

「いろいろと変なものがついてるような気がするけど……」

先輩は戸惑った顔で私を見てから続ける。

「バレンタインと言えば、ルークくんもたくさんチョコレートもらってそうかも」

「めちゃくちゃもらってましたね。あいつ、外面だけはいいんで。くそ、なんであいつなんかに……みんな騙されてる」

「騙されてるのかな。魅力的な人だと思うけど」

「騙されまくりでしたよ。チョコもらっても全然うれしそうにしないんですよ。なのに、むしろそれがいいって変な風潮までできてて……信じられない。私だったら、めちゃくちゃ喜んでおいしくいただいてあげるのに」

「もらいたい人がいたんじゃない？　その人にはもらえなかったから、他の人にもらってもしょうがない、みたいな」

「もらいたい人……」

不意に頭をよぎるのは国別対抗戦の後、二人きりの病室での出来事。

抱きすくめられた夜のこと。

（ルークが私のことを恋愛的な意味で好きだったと仮定して）

浮かぶひとつの可能性。

（もしかしてその頃からずっと私のことが好きだったとか……）

うっかりそんなことを想像してしまう。

（いやいや、ないない！　自意識過剰すぎ！）

心の中でぶんぶんと首を振る。

とにかく、目の前のことに集中しよう。

みんなに期待してもらえてるんだから、それに応えることに意識を集中しないと。

国別対抗戦の後みたいに、スランプ気味でふわふわした毎日を過ごしている場合じゃない。

（もっと魔法がうまくなりたい。何よりもそれを、私の魂が求めてる）

成長していくために、今は先輩として副隊長として、与えられた仕事をしっかりとこなさないと。

「あれ？　王の盾《キングズガード》の人だ。珍しい」

先輩の言葉に顔を上げる。

階段を降りていく後ろ姿。

その人がどこに行っていたのか、なんとなく私には心当たりがあった。

（多分ルークのところ）

他の人たちは気づいていないけれど、ここ最近ルークは、ミカエル王子殿下の私室を何度か訪ねている。

どういう理由なのかはわからない。

でも、おそらくそこには私についての何かも含まれているのだろう。

『私は、王宮魔術師団三番隊に所属するノエル・スプリングフィールドを、王の盾《キングズガード》の筆頭魔術師として迎えようと思っている。できるだけ早く。できれば、来月からにでも』

あの日、告げられた言葉の衝撃は、私の中に今でも残っていた。

ルークと何度か会談した後、その話はひとまず保留ということになっていると、ガウェインさんがこっそり教えてくれた。

「入団当初から、第一王子殿下はお前のことを高く買ってる。何が起きるかわからない。心の準備はしておけ」

盗聴を防止する魔法結界が張られた執務室で、ガウェインさんは言った。

「とはいえ、今回の一件。殿下の目的は、お前を王の盾《キングズガード》に加えることではなかったと俺は見ている」

「他に何か目的があるんですか？」

私の言葉に、窓の外を一瞥してから言う。

「あの言葉でルークは、お前を七番隊副隊長に指名する以外の選択肢を失った。元々は第三席の予定だったんだよ。副隊長というのは早すぎる、というのが事前の会議での結論だった。ルークもそれで納得してた。でも、第三席ではお前を引き留められない」

「だから私を副隊長に」

ガウェインさんはうなずく。続ける。

「その結果、ルークに対する貴族社会の目は厳しいものになり始めている。ただでさえ最年少の隊長だった上に、副隊長が入団一年にも満たない同級生だ。ノエルの活躍は話題になっているとはいえ、見え方としては、はっきり言ってよくない」

「贔屓《ひいき》してるみたいに思われてるわけですね」

「新設される七番隊に対する風当たりも、厳しいものになる可能性が高い。とはいえ、それも全部わかった上で、あいつはお前を選んだんだろうがな」

「どうしてそこまで私を」

「信じてるんだよ。お前と二人なら乗り越えられるって」

ガウェインさんは深く息を吐く。

それから、静かに口を開いた。

「これはルークのキャリアの中で、間違いなく一番の大勝負だ。失敗すればすべてを失う可能性もある。だが、あいつはそれに懸けた。お前と一緒なら勝てると本気で信じてる」

真っ直ぐに私を見つめて続けた。

「力を貸してやってくれ。頼む」

それは、私のやる気を最大値まで上げる言葉だった。

拾ってくれた親友の一世一代の大勝負。

一番頼りになる相手として、私のことを選んでくれた。

その事実がどれだけ私に元気をくれるか。

(大勝負、絶対に成功させる。七番隊を先輩達に負けない部隊にする)

私は決意している。

あいつには絶対に内緒だけど。

◇　◇　◇

「ノエルに対する、王の盾筆頭魔術師《キングズガード》としての指名を撤回してください」
七番隊の創設が発表された会議の二週間後のことだった。
ミカエル第一王子殿下の執務室。
瀟洒《しょうしゃ》な部屋の中に、ルークの声が響く。
王子殿下は少しの間、押し黙ってから言った。
「断ると言ったら？」
言葉には、どことなく挑発するようなニュアンスが含まれているように感じられる。
卓越した頭脳を持ち、国内外から極めて高く評価される第一王子殿下。
幼い頃、自分の目指すべき姿だと父に伝えられた生粋の天才。
すべてを見透かしているような黄金の瞳。
一歩間違えれば、致命的な傷を負う可能性がある。
しかし、ルークの目に迷いはなかった。
彼女の隣にいるためならどんなことでもする。

最初からそう決めている。

「殿下がノエルを手元に置きたいという、強い希望を持っていることは理解しています」

ルークは口を開く。

「通常であれば、殿下のご意向に反する行動を取ること自体、王宮魔術師としての職責に反した行いかもしれません。しかし、私は最善の判断が指名を撤回することだとお伝えしたいのです。それが何よりも殿下のご意向に応えられる選択だと」

「それは興味深いね」

穏やかな声で言うミカエル殿下。

一対の黄金の目に、ルークは背筋を冷たいものが伝うのを感じる。

「聞かせてもらえるかな？」

「殿下がノエルを手元に置きたいのは、その力と将来性に高く期待してくださってのこと。そして、アーデンフェルド王国を狙う何者かの存在が、その前提になっている。ヴァイスローザ大迷宮を筆頭に、未踏領域における、多くの貴重な資源を潜在的に持っているこの国の価値に気づいた者たちが、この国を揺るがそうと動いている。その兆候が見える」

「続けて」

「脅威に対処する効果的なカードのひとつとして、ノエルを手元に置き、自らの手で育てる。若き天才を王国史上最高の魔法使いにする。それが殿下の狙いでしょう」

「いいね。筋は悪くない」

ミカエルは目を細める。

「君が述べた意図を私が持っていると仮定しよう。君のやり方でどうやって私の意向に応える？」

「私が殿下の計画に協力します。ノエルを誰よりも知る友人として、彼女を導く。最も適したやり方で王国史上最高の魔法使いを育て上げる。加えて、私が殿下と連携して行動することにもメリットがあります」

「ノエル・スプリングフィールドだけでなく、ルーク・ヴァルトシュタインと新設される七番隊にも強い影響力を持つことができる、と。そう言いたいのかい？」

ミカエルの言葉に、ルークは静かにうなずいた。

「最大限の協力をお約束します。とはいえ、あくまで決定権は私にあるというのが前提ですが」

「興味深い提案だね。だが、ひとつだけ確認が必要な事柄がある」

「なんでしょうか」

「君と七番隊にそれだけの価値があるのか」

ミカエルは形の良い指を組み合わせて視線を落とす。

「前例を大きく更新する最年少での隊長と副隊長。王宮内で疑問の声があがっていることは君も知っているだろう。果たして、この逆風を君たちは乗り越えられるだろうか」

部屋を沈黙が浸した。

黄金の瞳がルークに向けられる。

ルークは少しの間押し黙ってから言った。

「先日あったヴィルヘルム伯の一件。魔法式の起動を封じる特級遺物《魔術師殺し》はエヴァンジェリン・ルーンフォレスト襲撃に使われたものに極めて近かった。入手経路を探られてましたよね。王の盾《キングズガード》の精鋭を使って」

ミカエルはじっとルークを見つめてから言葉を返す。

「そうだね。いくつかの興味深い情報を入手することができた」

「だが、彼らにはつかめていない事実もあります」

「何かつかんでいる、と？」

ルークが取り出したのは一枚の紙片だった。

落ち着いた所作でミカエルに差し出す。

視線を落として、ミカエルは押し黙った。

「君はこれについてどう思う？」

「殿下の考えている通りだと思います。ヴィルヘルム伯は、アーデンフェルド王国を狙う何者かと通じていた。この入手経路の先にはすべての黒幕がいる」

部屋の空気に、刃物のような冷たい何かが混じっているように感じられた。

「このことを誰かに話したか？」

「アーネストさんにはお伝えしました。もう一人、ある人に伝えて協力を要請しようと思っています」

「ノエル・スプリングフィールドには？」

「もう少し状況が見えてきてから伝えようと思っています。彼女は隠し事が得意なタイプでもないので」

ミカエルは、もう一度紙片に視線を落としてから言った。

「王宮魔術師団総長クロノス・カサブランカスは、二ヶ月前に時間遡行魔法の実証実験を開始している。四度目となる本格的な実験だ。過去の三回では未知の異空間に飲み込まれ、戻ってくるまでに数年がかかった。そして今回も実験開始日以降、彼の連絡は途絶えている」

「数年単位にわたって戻ってくることができない状況下にある可能性があると」

「そういうことになる。あるいは、そこまで察知して敵は動いているのかもしれない」

ミカエルは静かにルークを見て続ける。

「新設直後の七番隊には手に余る案件であるように見えるが」

「殿下が子飼いにしてる人たちよりは僕の方が頼りになると思いますよ」

「自信がある、と？」

「そう考えていただいて構いません」

ルークは言う。

「私が結果で証明します」

「では、楽しみにしておこう」

ミカエルは目を細める。

「良い報告を心待ちにしているよ、ルーク・ヴァルトシュタイン」

会談の後、王宮の特別区画を歩きながらルークは思う。

（ノエルは絶対に渡さない）

しかしその一方で、自分が想定以上に難しい立場に置かれていることにも気づいていた。

上位貴族が参加する会議で向けられた冷ややかな視線。

『王室の財政が芳しくない状況下で、王宮魔術師団に新しい隊を作る必要があるとは思えない』

『貴族への税制改革を検討する前に、もっとするべきことがあるのではないか』

『小規模の仮設部隊とはいえ、経験が浅い最年少の隊長と副隊長。副隊長に至っては、入団から一年も経っていないという話じゃないか』

『結果が出なければどうなるか、聡明な君はわかっているのだろうね』

反発は想定していた。

弱みを握り、手駒にしている貴族達を使って裏工作も行っていた。

それでも、現実として王国貴族の八割以上が、七番隊創設に反対の声をあげている。

まるで、誰かが前もって手を回していたかのように。

（ミカエル殿下という線も考えていたが、あの反応を見るにおそらくは違う。より可能性が高いのは、貴族社会において殿下に匹敵する影響力を持つ別の存在）

ルークは唇を嚙みつつ、思考を続ける。

（御三家、か）

王国貴族社会において絶大な影響力を持つ三つの名門貴族家。

アルバーン家とエニアグラム家。そして、――ヴァルトシュタイン家。

（ヴァルトシュタイン家の人間である僕が隊長になったことに、アルバーン家とエニアグラム家が反発している、と見るのが一番現実的な線だろう）

御三家の二つを敵に回したとなると、半数以上の貴族が敵に回るのは必然の帰結。

加えて実家と関係が悪く、ヴァルトシュタイン家の支援も期待できないルークは、四面楚歌とも言える難しい状況に置かれている。

しかし、だからといって諦めるという選択肢は彼にはなかった。

他のものすべてを犠牲にしても手に入れたい、何よりも大切なたったひとつ。

許されない願いを叶えるために。

王国一の魔法使いと称される立場――聖宝級《メイガス》魔術師になって、ヴァルトシュタイン家が何も言えない状況を作る。

彼女を幸せにできる自分になる。

隣にいられる未来をつかみ取る。

そのためなら、どんなことでもする。

世界中すべてを敵に回しても、前に進む。

サファイアブルーの瞳に迷いはない。

顔を上げ、向かったのは王宮魔術師団本部だった。

(協力してくれる可能性があるとすれば——)


「珍しいわね。貴方が私のところに訪ねてくるなんて」

王宮魔術師団三番隊副隊長の執務室。

レティシア・リゼッタストーンは、意外そうにルークを見て言った。

「力を貸してほしいんです。王国貴族社会の裏側に詳しく、王宮魔術師団で最も高い捜査能力を持つレティシアさんに、協力をお願いしたい」

ルークの言葉に、レティシアは首を振る。

「買いかぶりすぎよ。私より優秀な人はたくさんいる」

「少なくとも、僕が子飼いにしている貴族達は貴方を誰よりも恐れてました」

「褒《ほ》め言葉として受け取っていいのかしら」

「僕が頼れる相手の中で一番優秀な一人が貴方です」

ルークは真っ直ぐな目でレティシアを見て言った。

レティシアは窓の外に視線をやり、深く息を吐く。

「人の動かし方がうまくなったわね」

「本心ですよ」

「本心の使い方がうまくなったって言ってるの」

「そこは貴方とガウェイン隊長を見てきたので」

その言葉にも嘘はないように見えた。

最初から隊長になることを見据えて、意識的に自らの能力を向上させてきたのだろう。

叶えたい願いが彼を急速に成長させている。

入団当時の、他者を一切必要としない刃物のような姿とはまるで別人。

十分に隊長を務め上げられるだけの人との関わり方を、今の彼は身につけているように見える。

(だけど同時に、危ういところも多い。経験のない新人との新しい部隊。どう転ぶかは未知数)

そして誰よりも彼自身が、置かれている状況の難しさを認識しているように、レティシアは感じていた。

王国貴族のほとんどを敵に回している状況。

味方になってくれる人は極めて少ないはず。

徹底した不正捜査の結果、恨みを買っている貴族も少なくないレティシアにとっても、ルークに協力するのは賢明な判断とは言い難い。

それでも、決断するまでにさして時間はかからなかった。

（ヴィルヘルム伯の一件では助けてもらったしね）

レティシアは言う。

「わかったわ。貴方に協力する」

「ありがとうございます。助かります」

「それで、どうやってこの状況を覆すつもりなの？」

ルークは資料の束をレティシアに渡して、状況を説明する。

未踏領域における多くの貴重な資源を、潜在的に持っているアーデンフェルド王国を狙って、暗躍する何者かの存在。

《緋薔薇の舞踏会》での暗殺未遂事件を首謀し、《薄霧の森》でのゴブリンエンペラー発生と、西部辺境で起きた《飛竜種》暴走の原因を作った。犯罪組織《黄昏》を作り上げ、ヴィルヘルム伯に裏で支援をしていた。

「信じられない。いくらなんでも陰謀論が過ぎると思うんだけど」

「僕だってそう思いたかったですよ。でも、実在する証拠が出てきた。ミカエル王子殿下も部下を使って彼らを追っている」

「実在するとすれば、この国を揺るがす一大事よ」

「だからこそ、正体を突き止めれば貴族社会の反発を一気に抑え込める」

レティシアはしばしの間、資料に視線を落としてから言う。

「ひとまず実在すると仮定して話しましょう。問題は、敵がどこまでこの国の中に食い込んでいるのか。高等法院で大きな影響力を持つヴィルヘルム伯ともつながりがあった。他の地方貴族ともつながりがあると考えるのが自然でしょう。加えて、王宮内の有力な高位貴族に接触している可能性もある」

「間違いなく接触しているでしょうね。特に危険なのは王室に近い王政派貴族です。向こうにとっては最も近づきたい相手。つながりを持つメリットが大きい。その意味で、一番危険なのは――」

ルークの言葉に、レティシアは息を呑んだ。

「まさか、御三家」

「そういうことになります」

「ありえない。いくらなんでもそこまで深く食い込んでいるなんて」

「常識的に考えればそうでしょうね。でも、御三家の中で育った僕の見立ては違う」

ルークは静かな口調で続ける。

「最初から違和感があったんですよ。あまりにも動きが早すぎた。部隊が増設され王宮魔術師団の力が増せば、王国の敵と関係を持っていることが知られてしまうかもしれない。そういう畏《おそ》れがあったのだと考えれば筋が通る」

レティシアは言葉を失う。

提示された可能性について検討する。

王国貴族社会において絶大な影響力を持つ御三家。

一介の王宮魔術師が手を出していい相手ではない。

加えて、御三家が王室を敵に回すリスクを負ってでも、関係を持つ価値があると判断した未知の敵。

脇の下がじんわりと汗ばむのを感じる。

「もしそれが事実だとすれば、これは貴方が経験してきた中で最も危険な捜査よ」

「望むところです」

ルークは言った。

その声には、少しの揺らぎもない。

止めることはできないと一瞬でわかってしまう、そういう声だった。

(本当に危なっかしい)

心の中で嘆息しつつ、レティシアは考える。

今からでも協力を断るのが、理性的な選択なのだろう。

しかし、レティシアの中には、誰よりも尊敬していたその人の真っ直ぐな姿が刻まれている。

大好きだった《先生》なら、きっと彼に協力する。

どんなに危険な相手でも、自分が正しいと思う道を進む。

「分担はどうするの？」

「アルバーン家とエニアグラム家の調査をレティシアさんにお願いします」

「ヴァルトシュタイン家は？」

「僕がやります」

有無を言わさぬ響きがそこにはあった。

「いいの？　近しい人だと判断も難しくなる。対応を誤れば、身内をかばい立てしたと捉えられる可能性も高い」

「しませんよ。その逆はあるかもしれませんけど」

ルークは首を振って笑った。

入団当初の鋭さと危ういものを感じる笑みだった。

「何か見つかったらすぐに相談して」

「わかっています」

「ガウェイン隊長には協力を頼まないの？」

「レティシアさんに手伝ってもらうことだけ伝えようと思ってます。そうすれば、あとは勝手に動いてくれるのがあの人なので」

「ほんと……悪い意味で人を動かすのがうまくなったわね」

「ガウェインさんにとって貴方は特別な存在ですからね」

「……私が特別？」

その言葉の意味が、レティシアはうまくつかめなかった。

「たしかに長い付き合いだけど、あの人が身内に甘いのは誰に対しても同じ。それは貴方もよく知ってるでしょう」

「先輩はもう少し、自分の周囲にも目を向けた方がいいですよ。絶対に叶えたい願いのために、他の一切を犠牲にしてきた同じ穴の狢《むじな》からのアドバイスです」

ルークは小さく口角を上げて言った。

「頼りにしてますよ、先輩」

ルークが部屋を後にしてから、レティシアはその言葉の真意について考える。

はったりや冗談という線も考えたが、彼の言葉にはたしかな根拠と説得力があるように感じられた。

（隊長について、私が知らない何かがある？）

静かな部屋の中で、残された問いかけ。

レティシアはその意味をじっと考えている。

第1章　七番隊創設に向けてのあれこれ

「今年入団する新人のリストだ。隊に欲しい者に印をつけて返してくれ」

一番隊中央統轄局総務課。

人事の責任者であるマリウスさんの言葉に、落ち着かない気持ちで返事をした。

（私が人を選ぶ立場なんて……）

魔道具師ギルドでは一番下っ端だった上、王宮魔術師団でも中途採用からまだ一年も経っていない私だ。

（気持ちの上ではまだまだ新人って感覚なんだけど）

心がついていかない。

しかし、それでもやらないといけない立場にあることを私は知っていた。

（副隊長なんだもんね）

小規模な仮設部隊とはいえ、あのレティシアさんと同じ立場なのだ。

加えて、私には拾ってくれたあいつへの恩返しのためにも、七番隊を最高の部隊にするという決意がある。

「ルーク！　マリウスさんから新人さんのリストをもらったんだけど」

七番隊隊長の執務室。

前よりも少し大きな一室で、ルークは箱に詰められた本を棚に並べていた。

部屋の片隅には、私の椅子と机もある。

副隊長としての執務室が準備できるまでは、この部屋を私の執務室として使うようにと中央統轄局の先輩に言われていた。

「ありがとう。見せてもらえる？」

ルークの机に自分の椅子を持っていく。

副隊長の椅子は革張りでなんだか高級感がある。

お高い椅子なんて座った経験がほとんどない私は、心地好い感触に座るたびに幸せをもらっていた。

「何人くらい七番隊に入るの？」

一番隊から六番隊まで、総勢千人近い魔法使いが働く王宮魔術師団。

各隊の人数は百三十人から二百人の間と幅があるのだけど、試験的に設置される七番隊の人数はかなり少なくなるという話だった。

私の言葉にルークは資料に視線を落としたまま言う。

「二十人の予定だったけど、おそらく十人くらいになると思う」

「なんで半分に？」

「僕の隊長就任と七番隊新設に反発する声も多いみたいだから。王国は財政面に問題を抱えている。免税特権を廃止する前に、王宮魔術師団の人員を減らすべきだと言ってる貴族も少なくなくてね。刺激しないために、当初よりも規模を小さくする方向で話がまとまるんじゃないかな」

「相変わらずいろいろ情報持ってるよね」

ルークは貴族社会に独自の情報網を持っていた。

一介の王宮魔術師が知るはずのない裏情報の数々。

理由はわからないけれど、逆らえない状態にされた貴族たちが何人もいるのだとか。

いったいどうしてこんな腹黒モンスターになってしまったのか。

長い付き合いである私は、こいつの将来に一抹の不安を感じずにはいられない。

「持ってるだけというわけでもないよ」

静かに口角を上げるルーク。

「持ってるだけじゃない……？」

どういうことだろう、と首をかしげた私は次の瞬間、ひとつの可能性に気づいてはっとした。

「もしかして、規模を小さくする方向で話を動かしてるのって」

「うん、正解」

ルークはいたずらっぽく目を細めた。

「どうして不利な状況を自分から」

「ハードルは下げておいた方がやりやすいでしょ。人数も少ない方が都合が良い。管理する手間が省けるしね」

「でも、戦力が少なくなると結果を出すのも難しくなるよ」

「僕と君がいれば何も問題ないでしょ」

当たり前みたいな顔でそんなことを言う。

「相方が自信過剰すぎて私は胃が痛い」

「自分を過小評価するの悪い癖だよ」

「過大評価するのはもっと悪い癖だから」

「僕は正しく評価してるだけ」

ルークは言う。

「とはいえ、優秀な人が入ってくれるに越したことはない。じっくり考えて誰を選ぶか見定めたいところだけど」

「でも、この資料だけで判断するの難しいよね。詳細なプロフィールと試験結果は書いてくれてるけど、話してみないと人柄とかなかなかわからないし」

「人数も多い分、試験の点数とか学歴とか、目立つ情報を比較するだけになってしまいがちだしね」

「それだよ。なんで学歴でいろいろ判断されるのか、ちょっとわかった気がする」

基準として判断が楽すぎるのだ。

人柄みたいな形のないものと違って比較が簡単な上に、『その学歴だったなら採用して失敗しても仕方ないよね』という言い訳ができる安心感もある。

「ダメだ……学歴で判断しちゃう、なりたくない大人への階段を上り始めている自分がいるのを感じる……」

「それはそれでひとつの価値観だし、別にいいんじゃないかと思うけど」

「いや、『大切なものは目に見えない』って本気で言える大人に私はなりたい。みんなは気づいてないけど才能のある子を見抜いて、『私が育てた』って腕組み師匠顔したい」

私の言葉に、ルークはくすりと笑った。

「わかりやすく優秀な子は他の隊に取られちゃうだろうから、僕らが狙うべきはたしかにそっちの方向性かな」

二人で意見をかわしつつ、一緒に働きたいと感じた新人さんに印をつける。

「ノエルって意外とちゃんとしてる人好きだよね」

「あれ、そうかな？」

「うん。しっかりしてて筆記試験の点数が良い人に印つけてる感じがするから」

「たしかに、言われてみれば」

自分が印をつけた人のプロフィールを見返して私は言う。

「私が抜けてるところあるから、しっかりしてる人を高く評価しちゃう部分があるのかも。筆記より実技の方が得意だったし」

「自分にはないものの方が綺麗に見えたりはするのかもね」

「ルークはちょっと変わってる人を選んでる感じがする」

「言われてみればそうかもしれない。変な人好きだし」

「あんた表面上はめちゃくちゃ優等生でお手本みたいな人生歩んでるもんね」

ルークは周囲に賞賛されるような生き方をしている分、個性的な人が眩しく見えるところがあるのかもしれない。

「それはそれで素敵な見方だと思う。でも、気をつけた方が良いよ。変な女にひっかからないように」

「変な女……か」

ルークは遠い目で言ってからじっと私を見つめる。

「うん？　どうかした？」

「なんでもないよ」

にっこりと目を細めたその表情が、やけに瞼《まぶた》の裏に残った。

◇　◇　◇

七番隊隊長として、ルークがしなければならないことはたくさんあった。

事務的な手続き。必要な機材の手配。人事面での打ち合わせ。

しかし、ルークはその手の作業が得意だったし、前もって隊長になったときのための準備をしていたから、滞りなく隊長として最初の仕事を進めることができた。

その手際の良さは、長年王宮魔術師団で人事部の長として、様々な隊長と関わってきたマリウスが目を見張るほどだった。

ちなみに、彼の経験した中で一番手際が悪かった隊長はガウェインだったと言う。

『あれは……ひどかった』

重い息とともに放たれた言葉に、でしょうねと思ったことを覚えている。

ルークは創設される七番隊について多くの部分で決定権を持っていたが、そのほとんどすべてに対して堅実な選択を一貫して続けていた。

最年少での隊長。

王宮内での批判を最小限に抑えるためにも、目立つ行動は避けるべきだという判断。

しかし、ひとつだけ彼が自分の意志を主張した事柄がある。

『ノエルさんの執務室をどうしますか？』

副隊長であれば、原則として個人用の執務室が与えられる。

だが、今回は仮設の小規模な部隊ということで少し事情が違っていた。

「個人の執務室がない方がノエルへの風当たりはマシになるだろうから。僕の部屋を共同で使うよう手配しておいて」

伝えた言葉は本心ではあったが、本当の理由は別にあった。

二人きりで過ごす時間が少しでも多く欲しかったから。

そんなわがままで身勝手な自分の本音にルークは気づいている。

（本当は部下なんていらないんだ。君がいれば他に何もいらない）

しかし、王宮魔術師団で隊長を務めるとなるとそういうわけにもいかない。

第三席の立場を務めてくれる同僚の選定も進めていた。

（貴族社会からの風当たりが強いと想定される仮設部隊。希望者も少ないだろう。高望みはできない。能力よりも人柄と相性を優先して、働きやすい相手を選ぶのが間違いないか）

手続きを進めつつも合流はできる限り遅らせる。

同じ執務室で顔をつきあわせて、新部隊の準備をするこの時間が少しでも長く続いてほしい。

「この人も期待できそうかも。あ、でも筆記試験の点数が良すぎて『私が育てた』ポイントには欠けるかなぁ」

真剣な顔で資料に視線を落とすノエル。

二人きりの部屋。

新しい何かが始まろうとしている高揚感。

時間が止まってくれればいいのに。

そんな本音を喉の奥に隠した。

◇　◇　◇

「私が第三席？」

王宮魔術師団三番隊に所属する黄金級《ゴールド》魔術師、ミーシャ・シャルルロワは伝えられた言葉に、戸惑いつつ言った。

「冗談でしょ。どうして私が」

「貴方にはその力がある。僕がそう判断しました」

ルーク・ヴァルトシュタインは、サファイアブルーの瞳でミーシャを見据える。

「君は私のことなんて、名前さえ知らないと思ってたんだけど」

「とんでもない。以前から優秀な先輩だと思っていました。卓越した魔法の技術に加えて、コミュニケーション能力も高い。昨秋の北部遠征では質の高い補助魔法と連携で崩れかかっていた前線を支えた。たしかに、関わる機会は多くありませんでした。でも、その仕事ぶりを目にするたびに、とても良い仕事をしてるなと思っていたんです」

確信に満ちた声。

机の上で組まれた形の良い指。

十年前の自分だったら、頭が真っ白になってただうなずくことしかできなかっただろうと思う。

しかし、ミーシャは二十七歳だった。

自他共に認める男運の悪さゆえ、男性に対する幻想はすっかり消え去り、かけられる言葉に対してもその裏にある意図を読み取る冷静さを身につけていた。

「待って。本音で、本音で話しましょう」

「最初からそうしてますけど」

「そう見せかけてるだけだよね」

「誤解です。今日は最初から本音で」

「それ以上嘘をつくなら私はこの話を断るよ。信用できない相手とは組めないから」

「…………」

ルークはじっとミーシャを見つめた。

言葉の真意を確かめるように。

それから言った。

「わかりました」

「私のこと名前も知らなかったでしょ？」

「正直に言えば」

「三番隊の同僚で名前を覚えてる人は何人いる？」

「十人くらいです」

「ほんと君、人に興味ないもんね」

「そうですね」

「その分、ずっとあの子一人のことだけ見てる」

ルークは何も言わなかった。

ミーシャは続けた。

「ノエルが私が良いって言ってた？」

「人当たりが良くて優秀な先輩だという話でした」

「それで、名前も知らなかった私をスカウトに来た、と」

「すみません」

「いいよ。私は正直な君の方が話しやすい」

ミーシャは言う。

「七番隊第三席の話、受けるよ」

「いいんですか？」

「私にとっては願ってもない大チャンスだしね。迷ったら前に出るって決めてるんだ。そう両親に教わったから」

「良い教えですね」

「まあ、その結果ダメな男にひっかかって猫教の信者になったんだけど」

「元気出してください」

「全然元気だから！　私はお猫様と幸せな生活を送ってるから！」

ミーシャは強い口調で言ってから、続ける。

「話すときは敬語の方がいい？」

「そのままでいいですよ。ノエルもその方が接しやすいと思いますし」

（ほんと、あの子のことばかり考えてる）

あきれまじりに笑って、ミーシャは言った。

「了解。よろしく、隊長」

◇　◇　◇

「ミーシャ先輩が第三席を務めてくださるんですか！」

声を弾ませた私に、ミーシャ先輩はいたずらっぽく目を細めた。

「経験豊富な私がばっちり支えてあげるから。大船に乗ったつもりでいたまえよ」

「頼もしいです。頼りにしてますね、先輩」

「任せたまえ」

不敵な笑みを浮かべた先輩は、率先して必要な手続きと手配を進めてくれた。

元々仕事ができる先輩だと思っていたけれど、いつも以上に張り切ってくれているように見える。

先輩に助けてもらいつつ、新人さんを迎える準備を進める。

免税特権問題によって王室が財政問題を抱えている中で、新たに創設される七番隊に対する風当たりは予想通り強かった。

七番隊はミーシャ先輩とルークと私。そして、八人の後輩という極めて小規模な形で船出を迎えることに決まったと言う。

「結果を出して大きくしていけばいい」とルークは涼しい顔で言っていたけど、その形も子飼いにしてる貴族を使って、自分で誘導して作ったものである様子。

当初から言っていた通り、ルークは新人の力をあてにせず、自分の力で逆風をねじ伏せられる結果を出そうと考えているのだろう。

その姿は、なんとなく少し焦っているようにも見える。

（私が副隊長として、しっかりフォローしないと）

決意をしつつ迎えた新人さんが入団する日。

王宮魔術師団本部は朝から騒がしかった。

「なああ、お兄さん。毎年恒例の賭けやるんだけど参加しないかい？　銀貨一枚から参加できるよ。一攫千金のチャンスだよ」

あやしい口調で声をかけているのは三番隊の先輩だった。

ガウェインさんが新人に対して行う地獄の洗礼《血の60秒》
六十秒間耐え切ることができれば合格で、ご褒美がもらえる一対一での魔法戦闘。

私も巻き込まれて大変なことになったあのイベントは、今回もさらに大きな規模で開催されるらしい。

有志によって、ガウェインさんがどや顔でポーズを決めるポスターが至る所に貼られ、レティシアさんが無表情でポスターを剝《は》がして回っていた。

(なにやってんだあの人……)

私のレティシアさんに迷惑をかけないでほしい。

まったくギャンブルなんて、これだから幼稚な男たちは。

「おお、スプリングフィールド。お前も買っていかないか？」

「いえ、私そういうの興味ないので」

「そうか？　お前はこういう賭け事にも、隠れた才能を持っているんじゃないかと俺は思っていたんだが」

「隠れた才能？」

見上げた私に、先輩はうなずいて言う。

「ギャンブルに必要なのは状況判断だ。冷静にあらゆる可能性を想定して、みんなが見落としている最も勝算の高いところにベットする。周りを見るのが得意なスプリングフィールドには、絶対向いてると思ったんだが」

「…………たしかに」

言われてみれば、すごく向いている気がする。

これはもしかすると、お金がいっぱい手に入っちゃったりするのではなかろうか。

「でも、興味がないなら仕方ないな。堅実なのはいいことだ。それじゃ、俺は別のやつに声をかけるから――」

「待って下さい。少しだけ。少しだけ買っていこうと思います」

五分後、私は大量の賭けイベント参加券をポケットに詰めつつ廊下を歩いていた。

持っていたお金は全部使ってしまったけど、天才ギャンブラーである私だから、大もうけ間違いなしだし問題ないだろう。

(返ってきたお金で新人さんたちにお高いお肉を奢ってあげよう。太っ腹でかっこいい先輩としてみんなに慕われるのだ)

やがて訪れる希望に満ちた未来を想像して頬をゆるめつつ、新人さんを迎える七番隊執務室の最終点検をする。

改めて見ている中で感じたのは、自分が致命的な誤りをおかしてしまったという感覚だった。

（待って。初めての環境でみんな緊張してるはず。最近の子たちは打たれ弱いところがあるって聞くし、もっと歓迎ムードを全面に出して安心感を演出した方がいいかも）

考えてみれば、悲しき意識高いモンスターであるルークにそういう心配りができるはずがない。

部屋は必要なもの以外の一切が排除された効率最優先の状態だった。

（ルークとミーシャ先輩は新人さんたちを迎えに行っている。ここから一人で歓迎ムードと安心感を演出するのはさすがに厳しいか……）

現実的なことを考えてあきらめかけた私だけど、それでもなんとかして歓迎していることを伝えたいと思った。

彼らにとっては初めての職場なのだから。

きっと不安でいっぱいのはず。

昔の私がそうだったように。

（完璧に仕上げることはできないかもしれないけど、自分一人でできるところまでやってみよう）

一番得意な魔法――《固有時間加速《スペルブースト》》を起動する。

仕事の速さが私の武器。

（待ってて新人ちゃんたち。私が不安な気持ちを吹き飛ばす歓迎ムード満点の部屋を準備するから）

◇　◇　◇

二十分後。

王宮魔術師団七番隊への配属が決まった八人の新人魔術師は、通された部屋の中で言葉を失うことになった。

『祝！　御入隊おめでとうございます。一緒に働けてうれしいです！』と書かれた大きな手書きの垂れ幕。カラフルな色紙の輪飾り。

まるでお誕生日会のような装いの部屋の中心で、子供のように小柄な先輩は全身を頭の悪そうなパーティーグッズで着飾っていた。

「待って、まだ準備が――」

慌てた声で言う先輩は、散らかった色紙を踏んでバランスを崩す。

「おわっ」

転倒する先輩。

すべてがスローモーションに見えた。

舞い散るパーティーグッズの山。

鳴り響くクラッカーの音。

カラフルな輪飾りの破片が雪のように舞う。

ゆっくりと落ちていく先輩は、木箱に積まれた色紙の山に頭から突っ込んで動かなくなった。

「…………」

軽い音を立てて転がるパーティー帽。

時間が止まったかのような沈黙が流れる。

息づかいさえ聞き取れそうな静寂。

新人たちは呆然と立ち尽くすことしかできなかった。

（なに、これ……）

息を呑む。

いったい何が起きているのか。

（よくわからないけど、私はとんでもない部隊に入ってしまったのかもしれない……）

困惑する新人たちの背後で、ただルーク・ヴァルトシュタインだけが、くすくすと口元を隠して笑っていた。

「それじゃ、君たちに取り組んでもらう仕事について説明していこうと思う」

飾り付けが間に合わなかった誕生日会のような装いの執務室の中で、ルーク・ヴァルトシュタインは落ち着いた声で話し始めた。

（この雰囲気の中で仕事の説明するんだ）

心の中で突っ込みつつ見守る新人たち。

淡々と話し始めたその後ろ側で、小柄な先輩が肩を落としつつ飾り付けの撤去作業をしていた。

（片付けるんだ……）

しょんぼりした様子で輪飾りを回収している。その背中には『宴会のファンタジスタ』と書かれたタスキがかけられている。

（後ろが気になって隊長の話が頭に入ってこない……）

集中力が散漫にならずにはいられないシュールなシチュエーションだったが、新人たちは難しい試験を通過した優秀な魔術師揃いだった。

要点が明確なルークの説明を、メモを取りながら聞く。

「君たちに担当してもらう仕事は大きく分けて三つ。ひとつめは大図書館に貯蔵されたアーカイブの整理。人手が足りず後回しになっていた、古代魔導書の翻訳作業を重点的に進めてほしい。二つ目は、このリストに挙げた本について、過去三十年で借りた人物の記録を資料にまとめること。最後に、リストに挙げた二十七件の裁判と、不正事件に関連する記録を整理してほしい」

伝えられた仕事の内容は、新人たちにとって少し意外なものだった。

歴代最速、最年少で隊長に就任したルーク・ヴァルトシュタイン。

職務に人生のすべてを捧げ、王宮魔術師団における最速記録を更新し続けている本物の天才。

一緒に働いてみたい憧れの相手ではあったものの、同時に不安も大きかった。

突出して優秀な人間というのは、何らかの点で歪みのようなものを抱えていることも少なくない。

その上、自分を基準にして高い水準の仕事量と質を周囲に求める例も、多く聞いたことがあった。

（ついていくことができるだろうか……）

抱えていた不安。

しかし、大図書館のアーカイブと不正事件資料の整理という仕事の内容には、入ったばかりの新人に対する気遣いが感じられた。

（慣れるまでは難易度の低い仕事を任せようとしてくれてる）

ほっと安堵の息を吐く新人たち。

しかし、そんな淡い期待はすぐに裏切られた。

「まずはここまでを今日中に」

（こ、こんなに……）

アーカイブと資料のリストが書かれた紙の束を見て、息を呑む新人たち。

「初日だから少なめ。優秀な君たちならこれくらいはできるでしょ」

当然のように言うルーク。

感情のないサファイアブルーの瞳。

(怖い……)

数人の新人が無意識のうちに半歩後ずさったそのときだった。

「要求しすぎ！」

すぱーん、と鋭い音が部屋に響いた。

後頭部をはたかれ、よろめくルーク隊長。

その後ろで、小柄な先輩は飾りを折り曲げて作ったハリセンを握っていた。

(なんでハリセン……)

困惑する新人たち。

(というか、ルーク隊長にあんなことして、あの人殺されるんじゃ)

背筋をふるわせつつ見つめる彼らだったが、ルークの反応は意外なものだった。

「痛いんだけど」

と後頭部をさすりながら振り向く。

「今のあんたには必要な痛みだから。まだ初日だよ？　少しずつ慣れていくよう私たちが配慮しないと」

「僕は初日からこれくらいはできたけど」

「あんたは異常だから。そのおかしさを他の人に求めないで」

（ルーク隊長にそんな風な口調で……）

いったい何者なんだろうと思いつつ見つめる。

「それじゃ、ノエルが手伝ってあげて。それなら問題ないでしょ」

（ノエル・スプリングフィールド副隊長……！）

王宮魔術師団に入団後、記録的な速さで昇格を重ね、歴代最速で副隊長になった魔法使い。

国別対抗戦では王国を背負って快進撃を記録。トラブルによる中断で公式記録にはならなかったものの、三魔皇の一人であり帝国領最強の森妖精《エルフ》である《精霊女王》エヴァンジェリン・ルーンフォレストと互角に渡り合ったという噂は、王国魔法界ではちょっとした伝説になっていた。

「わかった。新人さんたちは私が守るから。みんなも、こいつにひどいこと言われたらすぐに言ってきてくれていいからね」

小柄な先輩は言う。

「まずは大図書館に貯蔵されたアーカイブの整理から始めようか。ついてきて」

戸惑いつつも後に続く新人たち。

大王宮の東区画。

王国が運営する大図書館で始まった最初の仕事。

「古代アルメリア式言語を読める人はいる？」

手を上げたのは八人の新人全員だった。

「すごい。みんな優秀だ」

ノエル副隊長は目を細めてから、「まずはこれを現代語訳していって。十ページ終わったら教えて欲しい。進捗に応じて次の仕事を割り振るから」と言う。

働き始めて新人たちが感じたのは、ノエル副隊長は自分たちのことをよく見ているという感覚だった。

「なるほどなるほど。君は硬めの文章が得意なタイプだ。それじゃ、次はこっちの本のここの記述をお願い」

素早く適性と得意分野を見抜き、相性の良い仕事を割り振ってくれる。

がんばると目を輝かせて褒めてくれ、手を抜くと「ここ、ちょっと手抜きしたでしょ」と釘を刺した。

何より驚きだったのは、そういった新人たちへの仕事の割り振りを他の作業と並行して行っていることだった。

新人の二倍以上の仕事をこなしながら、心の中を見透かされていると錯覚するような鋭い観察眼で的確な指摘をする。

(変な先輩だと思ってたけどとんでもない。この人、めちゃくちゃできる人だ)

当然のように異様な量の仕事をこなすその姿。

小柄な背中が不思議と大きく見える。

（さすがノエル。もう新人たちの心をつかみ始めてる）

七番隊第三席を務めるミーシャ・シャルルロワは感心しつつ、新人たちと接するノエルの姿を見ていた。

（あの状況把握能力は初見のインパクト強いもんね。加えて、豊富な知識量と仕事への熱意。働き始めたばかりの新人なら、圧倒されるのも自然なこと。十年近く働いてる私でさえ、すごいと思うもの）

さらに、気さくでやさしい人柄も新人たちにとっては魅力的に見えているのだろう。

ノエル自身が、初めて働いた魔道具師ギルドで苦労したからこその配慮と気配りがそこにはある。

しかしミーシャは、この状況がある人物によって作られたものであることに気づいていた。

（ここまでは君の計算通りでしょう、ルーク・ヴァルトシュタイン。新人たちに冷たく圧をかけ、それを庇うノエルを利用して、飴と鞭の形で新人が積極的に働かざるを得ない状況を作る。加えて、自分が嫌われ者になることで、新人たちからノエルが慕われやすい流れにした。ほんと、こっちはこっちで頭が切れる上に変なところで自己犠牲的だから）

計算の奥に見える純粋な感情。

好きな相手に幸せに過ごして欲しい。

そんな甘酸っぱい気持ちの気配を感じて、ミーシャは頬をかく。

(まあ、そういうの嫌いじゃないけどさ)

そんなことを思いながら、新人たちを指導しつつアーカイブ整理に励む。

「よし、午前の仕事終わり！　お昼休みはおいしいお肉を食べに行こう！　副隊長である私が、みんなに食べられなくなるまで奢ってあげる」

ノエルの言葉に、目を輝かせる新人たち。

「大丈夫？　この人数だと結構な額になるよ」

心配して声をかけたミーシャに、

「問題ありません。私は今既に大金持ちになってるので」

「ん？　どういうこと？」

「先輩にも日頃の感謝を込めてプレゼントを贈りますね。楽しみにしててください」

自信に満ちた表情のノエル。

どういうことだ、と思いつつ連れていかれたのは王宮魔術師団三番隊が使っている演習場だった。

観覧席には他の隊の魔術師と王宮の貴族たちがひしめき、手に汗握りながら目の前の戦いを見つめている。

(なるほど、《血の60秒》か)

恒例となっている、ガウェイン隊長が新人に対して行う力試しの魔法戦闘。

『まったくこの人は』というあきれ顔でガウェインを見つめるレティシア副隊長の姿もある。

おそらく、ノエルは三番隊がやっているギャンブルに参加したのだろう。

(たしかに、あの子の観察眼なら大勝ちする可能性も十分にあるか)

そんなことを思いつつ待つこと数分。

戻ってきたノエルの目には一切の感情がなかった。

「…………………」

黙り込んだまま、人形のような無表情で虚空を見つめている。

「あー、《血の60秒》で有り金全部溶かしたやつの顔が見てえなあ。いねえかなあ」

「いやいや、さすがにいるわけねえだろ。全額賭けた上に全部外さないといけないんだぜ。有り金全部溶かす方が難しいって」

「まあ、そっか。そうだよなぁ。ちくしょう、一度でいいから見てみたいんだが」

会話をかわしつつ歩いていく貴族たち。

ノエルは全力で顔をそらしていた。

ミーシャは何かを察してやさしい顔になった。

「やっちゃったの?」

「……やっちゃいました」

「いくら残ってる?」

「銅貨一枚も残ってないです」

「お昼は私が奢ってあげるよ。元気出して」

「かたじけないです」

とぼとぼと肩を落として歩く小さな後輩。

びっくりするくらい仕事ができる一方で、ダメダメで残念なところもあって。

(やっぱり面白いわ、この子)

第2章　新人さんとの日々

七番隊に八人の新人さんが入ってきて一週間が過ぎた。

一緒に過ごす中で、なんとなく個性や人柄も見えてきた。

真面目なアランくん。

自信家なイリスちゃん。

抜けてるところがあるカルロスくん。

頑張り屋なセルティちゃん。

「腹を切って詫びます」が口癖のソルベリアくん。

潔癖症でいつも掃除してるヒューゴくん。

世界を恨んでるみたいな目をしてるマイルズくん。

お酒大好きで痛風疑惑のあるムーナちゃん。

難しい入団試験を合格しているだけあって、みんな優秀な子揃い。

その上、初めて経験する社会人生活で不安も大きかった反動もあってか、私のことを好いてくれ、慕ってくれる子も多くいた。

(平民出身の上に転職組。その上、最年少での副隊長だから頼りない部分も多いはずなのに)

変な目で見られるんじゃないかとかちょっとだけ不安もあったから、素直に話を聞いてくれるのが本当にありがたい。

(良い子たちだなぁ)

頬をゆるめつつ過ごす新しい日々。

しかし、私には気がかりなことが二つあった。

ひとつ目は、隊長であるルークのこと。

冷たく感情を込めずに、高い水準の仕事を後輩に要求するルークは、後輩たちから恐怖の対象として見られていた。

あえて厳しく接して、副隊長の私にフォローを任せてくれているのはわかっている。だけど、本当はやさしいやつであることを知っている私としては、誤解されているのが少しもどかしい。

(私たちが残業せずに済むよう、ちゃんと配慮してくれてるくせに)

何より気がかりなのは、あいつ自身が隠れて時間外労働をしまくっているように見えることだった。

他の人には悟られないように仕事を持ち帰って、何か大きな案件について動いているのがなんとなく見える。

　そして、ルークが私たちに指示している仕事も、その何かに関連があることに私は気づき始めていた。

（大図書館のアーカイブ整理と古代魔導書の翻訳作業は、第三王子殿下暗殺未遂事件で、失われた旧文明の魔法技術が使われていたから。特定の本について、借りた人物の記録を資料にまとめさせているのは、王宮内で魔法技術を悪用しようとしている者の痕跡を探すため。二十七件の裁判と不正事件記録の整理は、ヴィルヘルム伯のような有力貴族についての情報を収集し、何かを探っているように見える）

　発足したばかりの七番隊。

　免税特権による財政上の問題もある中で、七番隊に吹いている逆風をはね除け、歴代最年少での聖宝級《メイガス》魔術師になるために、状況を覆せる計画を進めようとしているのだろう。

（本当に、野心家なあいつらしい）

　頼もしいとは思うけど、同時に少し寂しくもあった。

　副隊長なのに、何も聞かせてはもらえない。

　誰よりも私の力に期待してくれているルークだから、今の私には伝えない方がうまくいくだろうという読みでの行動なのだろうけど。

　そうわかっていても、やっぱり寂しく感じてしまう私がいた。

（聖宝級《メイガス》になりたい理由も教えてくれないし）

他のものすべてを犠牲にしてもいいと思えるような大きな願い。

名誉欲や出世欲はないと言っていた。

実際、あいつにはそういう一切を、ふらっと捨ててしまいそうな危ういところが感じられる。

私にとっての魔法みたいな譲れない何かが、そこにはあるんじゃないかと薄々感じてはいるのだけど。

しかし、大抵のものならなんでも手に入りそうなくらい、いろいろと恵まれているあいつがそこまでして手にしたいものって何なのだろう？

（気にはなるけど、それもこの仕事を進める先で多分見えてくるはず。私が今考えるべきなのはもうひとつの気がかり）

私は思う。

（八人の中でみんなから浮きがちになってる二人の新人さん）

八人入ってくれた新人さんの中で、その二人は少しだけ浮いてしまっているように見えた。

どうしたものか、と考えつつ入団試験時のプロフィールを確認する。

名前――マイルズ・ノックス
年齢――二十一歳（学年は私よりひとつ下だ）。
性別――男。

経歴――ラムズデール魔術学院卒業。スレイン魔道具師ギルドに就職。退職後、入団試験を合格して王宮魔術師団に転職。
筆記試験結果――857人中39位（高等魔術学院卒業者の中では14位）
実技試験結果――857人中27位（高等魔術学院卒業者の中では11位）
性格適性――冷静で周りを見て判断できる。理想を追求するよりも現実的な選択に重きを置くタイプ。
面接担当者の所感――寡黙で性格に少し癖はあるが、要点や急所をつかむのがうまく将来性を感じる。今後に期待したいと考えて採用を推奨。

七番隊に入ってきた新人の中では、一番入団試験成績の悪い子だった。

前職で魔道具師ギルドに勤めていた共通点があることから、私が指導するのが適任だと考えて獲得を希望したのだけど。

（やる気も協調性もびっくりするくらいない……）

良い子ばかりの新人さんの中で、彼はまったくの例外だった。

挨拶をされても無視し、誰とも話そうとしない。

この世のすべてを憎んでいるような目で、ずっとむすっとしている。

仕事に対するやる気もまったくなく、『これくらいやればいいでしょ』という感じ。それでいて合格点にまったく届かない仕事をしてくるから、怒りよりも困惑の方が強かった。

（どうしてこの子があの難しい試験を合格して、王宮魔術師団に入れたんだろう？）

不正や裏口入団みたいな可能性も疑ってしまいたくなるくらい。

「挨拶されて無視するのはよくないよ。最低限、会釈くらいは返していこう？　無視したら、相手に嫌な思いをさせるからさ」

そんな風に注意しても、「……わかりました」と面倒そうに言うだけ。

改善されることはなく、新人さんたちの中でも腫れ物を扱うような接し方をされるようになっていた。

「いいんじゃない、別に。彼自身が損するだけなんだから」

相談した私に、ルークは言った。

「人は変えられないもの。咲く気がない花に水をやっても仕方がないでしょ」

ルークは早々とあきらめて、優先度の低い仕事を彼に振り始めている。

「なんとかしたいんですけど……どう思いますか、ミーシャ先輩」

「私も正直かなり驚いてる。あんなにやる気がない子が王宮魔術師団に入れるわけないんだけど」

首をひねりつつ言うミーシャ先輩。

「面接を担当した中央統轄局の先輩は好感が持てる子だと感じたと言ってました」

「要領は良さそうだから、面接はうまく嘘をついて猫被ってたのかもね」

「その先輩も同じことを言ってました。言われてみれば、答え方にそういう兆候があったって」

「人を見極めるのは難しいからね。そのしわ寄せが来るこっちとしては、勘弁してほしいんだけど」

ミーシャ先輩は深く息を吐いてから言う。

「とにかく、あのままにしてるわけにはいかない。他の子たちにも示しがつかないから」

「なんとかして勤務態度を改善してもらいましょう」

私とミーシャ先輩は、彼の勤務態度を良くするために彼に声かけしたり、注意したりした。

しかし、状況を改善させることはできなかった。

彼の仕事からは、いかに手を抜き楽をするかを何より優先して考えているのが伝わってきて、魔法好きの私とは正反対。

(とはいえ、前職の魔道具師ギルドにはそういう人も多かったから、ある程度耐性はあるんだけど)

働き方は人それぞれ。

正解はないし、自分の価値観を人に強要するのは違う。

私が私のスタンスで仕事をする自由があるように、彼にも彼のスタンスで仕事をする自由がある。

(ただ、さすがにお金がもらえる仕事として、最低限のことはやってほしいんだけど)

王宮魔術師の給料は王国魔法界でもトップクラス。さらに、難しい入団試験を合格できるのも選ばれた一握りなのだ。

合格できずに夢を諦めた人もたくさんいるのだから、その人たちの分も真剣に取り組んでほしいというのが正直な気持ち。

一方で対照的に、一握りの才能に自信を持ちすぎているがゆえに、周囲と衝突しているのがうまく馴染めていないもう一人の新人さんだった。

名前——イリス・リード
年齢——十九歳。
性別——女。
経歴——リザテック魔術学院首席卒業。
筆記試験結果——857人中1位（高等魔術学院卒業者の中では1位）
実技試験結果——857人中1位（高等魔術学院卒業者の中では1位）
性格適性——意志が強く周囲との衝突を恐れず自己主張する。魔法への熱意は強い。一方で、意識が低い人間には冷たい一面がある。
面接担当者の所感——自らの能力に強い自信と自負を持っている。人格面には少し未熟な部分もあるが、補って余りある才能を評価。採用を推奨。

七番隊に入ってきた新人さんの中で一番成績が良い子だった。

高等魔術学院を卒業したばかりにもかかわらず、名門大学の出身者たちを抑えて、入団試験では筆記と実技ともに一位の成績を獲得。

目を惹《ひ》く外見で垢抜けた印象の彼女は、父親が魔導国リースベニア、母親がアーデンフェルドの生まれで、ほんの少し前まで魔導国で暮らしていたと言う。

『魔導国の魔法を学んで育ったので、あえてアーデンフェルドの王宮魔術師団に挑戦してみたかったんです。だって自分の国の魔法体系の試験だと簡単すぎて退屈で』

自信満々で自分がこの世で一番だと思っているタイプ。

幼い頃から神童と呼ばれ、学院の最年少記録を次々に更新。

立ち塞がるすべてに勝利してここまできたらしい。

『あたし、七番隊に本当に入りたくて。中央統轄局の方と直談判してこの部隊に入れてもらったんです。だってノエル先輩とルーク隊長がこの国で一番優秀な若手魔法使いだという話だから。同じ部隊であたしの方が優秀だって証明するのがわかりやすくて簡単だなって』

初めて二人きりで話したときも、にっこり笑ってそんなことを言っていた。

『簡単に抜けちゃうとつまらないので、負けないようにがんばってくださいね。先輩には期待してますので』

（とんでもない自信と自己肯定感……）

敗北を知らない生粋の天才。

彼女は、周囲の自分よりできない人に対して、別人のように冷たい人間になった。

『どうしてこんなこともできないんですか』

『そんなにセンスないのによく魔法使い続けられますね』

『辞めて別の仕事探した方が良いですよ。貴方、才能ないので』

言葉があまりに鋭すぎて、空気が凍る瞬間が何度もあった。

「ちょいちょいちょーい！　うちの金の卵ちゃんたちに否定的なこと言うの禁止！　みんな才能あるからね！　入団できてる時点ですごいんだから！」

そのたびに、私とミーシャ先輩で仲裁して、今のところ大きなトラブルにはなっていないのだけど、いつ大きな衝突が起きてもおかしくない感じ。

何より印象的だったのは、『魔法も大事だけど良い人間になることの方がもっと大事だから』と話した後に彼女が言った言葉だった。

『あの、私思うんですけど』

イリスちゃんは、首を少しだけ傾《かたむ》けて言った。

『魔法の才能がない人って生きてる意味ないと思いませんか？』

彼女は本気でそう言ったのだ。

明確な事実を話しているみたいに。

自分はまったく間違っていないという確信に満ちた目で。

事件が起きたのは数日後、七番隊として初めて個人魔法戦闘の訓練をした日のことだった。

王宮魔術師として働くということは、危険と隣り合わせだ。

命を失ってもおかしくない、凶暴な魔物や敵と対峙《たいじ》することもあるからこそ、個人戦闘の訓練は大切。

何よりも、みんなが自分のことを守れるように。

ミーシャ先輩と一緒に、三番隊で学んだやり方で指導をしていたときのことだった。

「そこで使う魔法式はもうちょっと簡略化した方がいいと思う。その組み立てだと威力が少なくても起動速度が速い方が効果的だから。あと、補助魔法を起動させるときにちょっとだけ無駄な動きがあるから——」

頑張り屋なセルティちゃんに魔法を教える私の背後で響いたのは、ミーシャ先輩の声だった。

「やめなさい！　ちょっと！　なにやってるの！」

慌てて振り向く。

ミーシャ先輩が監督する中行われていた、一対一の模擬魔法戦闘。

くずおれたマイルズくんを執拗に攻撃するイリスちゃん。

決着がついているにもかかわらずやめようとしない。

ミーシャ先輩の制止を無視して攻撃を続けている。

それは練習ではなく、明らかに相手を痛めつけるための行動だった。

「なにやってるの」

間に割って入って、イリスちゃんの腕をつかむ。

「相手にならなかったので。自分の弱さをわからせてあげた方がこの人のためかなって」

イリスちゃんは肩をすくめて言った。

「ノエル先輩が相手してくださいよ。じゃないとあたし、練習にならなくて」

悪いことをしたと気づいてさえいないように見える。

心が冷えていくのを感じた。

新人だからと見逃していたけれどもう許容することはできない。

「わかった。やってあげる」

「本気でかかってきてくださいね。そうだ、賭けをしましょう。負けた方が相手の言うことをひとつ聞くっていうのでどうです？」

「いいよ」

「じゃあ、ノエル先輩に勝ったらあたしを副隊長に推薦してください。強い方が副隊長を務める方が魔法界にとっては良いことだと思うので」

「わかった。その代わり、私が勝ったら私の言うことを聞いて」

「ええ。先輩は何を望みますか？」

「二度とそんな風に魔法を使わないで」

この子は誰かに負けないといけない。

何の言い訳もできないところまで徹底的に。

「先輩。魔力を制限する遺物をつけてますよね」

イリスちゃんの言葉に、私はうなずいた。

「よく見てるね」

「どういう遺物なんです？」

「二級遺物《魔封じの腕輪》。装備した人の魔力を半減させる」

剣聖さんとの御前試合前に、ルークが貸してくれた遺物だった。あのとき練習してた経験が、ヴィルヘルム伯邸での魔力を制限された戦闘で役にたったこともあって、私はこの一ヶ月、魔法を使うトレーニングの際にこの腕輪を使っていた。

「半減でその魔力。さすが副隊長って言った方がいいですか？」

目を細めるイリスちゃん。

「楽しみです。腕輪を外した先輩は、間違いなく私が向かい合った中で一番強い相手なので」

「外さないよ」

「え？」

「外さなくても貴方くらいには勝てるから」

「…………」

イリスちゃんの瞳から光が消える。

顔の筋肉が引きつり、口と頬が暴力的に歪む。

そこには強烈な怒りがある。

「は？　冗談でしょ」

イリスちゃんは私を睨む。

「後悔しても知りませんからね」

「しないよ。今の貴方にはまず負けないから」

「完膚なきまでに叩き潰してあげます」

魔法式を起動するイリスちゃん。

（ここまでは予定通り）

この勝負の狙いは、イリスちゃんに自分の未熟さを自覚させること。

そのためにはただ勝利するだけでは足りない。

力の差を見せつけ、今のままでは敵《かな》わない相手がいることを理解させる。

しかし次の瞬間、炸裂した水魔法の威力に私は息を呑んだ。

(高等魔術学院を卒業したばかりでこの威力が出せるなんて……)

実戦経験が一度もないにもかかわらず、この魔法技術。

さすが同世代では敵なしだった天才。

現代魔法における純粋なセンスと才能なら、私なんかよりずっと良いものを持っている。

高等魔術学院卒業時で考えれば、間違いなく私よりはるかに上。

(だけど、私はそこから貴方よりずっと多くのものを積み上げてる)

ボロボロになりながら働き続けた魔道具師ギルドでの経験。

どんなに苦しい状況でも、魔法に関しては一度も手を抜かなかった。

流した汗の量では、誰にも負けない。

さらに、魔法を制限された状態でルークと戦った御前試合前の経験と、ヴィルヘルム伯屋敷での戦いも私にとっては大きかった。

簡単な相手ではないけれど、もっと厳しい状況を私は知っている。

(おいで。先輩の力っていうのを教えてあげる)

◆　◆　◆

イリス・リードにとってその先輩は、自身が超えないといけない現実的な目標だった。

神童として、幼い頃から同世代の相手には誰にも負けなかった彼女が、その先輩を知ったのは国別対抗戦最終予選でのこと。

魔導国で行われた試合で、イリスはその小さな魔法使いに興味を持った。

(この人、なかなかやるじゃん)

自分が落選した魔導国代表選手の座。

イリスが判定で負けたずっと年上の魔術師を相手に、小さな魔法使いは一歩も退かずに番狂わせを演じてみせた。

(魔導国の魔法体系と全然違う独創的な魔法式構造。すごい、面白い)

何より彼女の心を強くふるわせたのは、その魔法から感じる同じ匂いだった。

(この人は私と同じ類いの人間だ。誰よりも多くの時間を魔法に捧げてる。他の一切を捨てて、大切なたったひとつに人生のすべてを懸けてる)

『魔法がうまくなる一番の方法はね。魔法以外のすべてを捨てることだ』

それはイリスが両親から教わったひとつの真理だった。

事実として、魔法以外のすべてを捨てたことで彼女の魔法使いとしてのレベルは急速に上がった。

周囲とのトラブルは増えたが、魔法に比べれば取るに足らないことだった。

才能がない惰弱な連中に気を使うなんて人生がもったいない。

私は本物の天才であり、凡庸《ぼんよう》な連中とは時間の価値が違うのだ。

（あの人なら、きっと誰よりも私のことをわかってくれる）

周囲の反対を無視して、アーデンフェルド王国の王宮魔術師を目指すことを決めた。

魔導国とは異なる魔法体系に苦労することもあったが、魔法についての理解を深めるためにはそれも好都合だった。

中央統轄局の方に直談判して、小さな先輩と同じ部隊に配属してもらって。

そして、愕然とした。

『私、七番隊をみんなが生き生きと働ける素敵な部隊にしたいんだ』

『新人ちゃんたち、どんなことでも気軽に聞いてくれていいからね』

『いいのいいの、教えてあげる。その魔法式は――』

（なに、これ）

その人は、自分の鍛錬よりも入ってきたばかりの後輩の指導を優先しているように見えた。

（ありえない。こんなことしてて強くなれるわけないのに）

何より、イリスの気に障《さわ》ったのは魔法を心から楽しんでいるその表情だった。

（そんな甘いやり方で……）

ふざけるな、と思った。

楽しんでやるなんていうのは甘えだ。

二十四時間魔法のことだけを考えて、徹底的に突き詰めるのが本当に正しいやり方。

朝は五時に起きて魔法式を描く反復練習。
通勤中は歩きながら改善点を探し、昼休みは魔導書を読みながら食事を取る。
帰ったら八キロのランニングをし、身体と脳の機能を向上させる。
魔導書を一時間読んで、古代魔導書を二時間翻訳する。
一日の反省と明日の目標を思い浮かべながら眠りにつく。
時間が勿体ないので家事はしない。
部屋は散らかり、服があちこちに垂れ下がっている。
ピザとハンバーガーとホットドッグの紙袋が無数に転がっている。
(こんなに高い能力を持ってるのに。このあたしが認めてあげたのに)
許せない。認められない。受け入れられない。
(この先輩は、私が正してあげないといけない)
そう考えていたイリスにとって、先輩との模擬戦闘は願ってもない機会だった。
(完膚なきまでに叩き潰す。先輩が自分の間違いを自覚できるように)
幾重にも起動する魔法式。
《刺し穿つ水流の槍《アクタルローズ》》
あらゆるものを一瞬で破砕する水流の槍による連続攻撃。
対して、ノエルの対応はイリスを落胆させるものだった。

為す術なく《固有時間加速《スペルブースト》》を使って後退し回避に徹する。

速さは国別対抗戦で見たときよりも落ちている。

（当然よね。魔力を半減させる二級遺物を使っているのだから）

最初から対等な勝負ではない。

この戦いの目的は先輩を倒すことではない。

（ハンデをつけて勝てる相手じゃないと理解させる。圧倒して完膚なきまでに蹂躙《じゅうりん》する）

逃げに徹する相手に対し、すべてのリソースを攻撃に注ぎ込む。

踏み込んだイリスの視線の先で、かすかにノエルの口角が上がったのが見えた。

《烈風弾《ウインドショット》》

放たれたのは小さな風の弾丸。

簡略化した魔法式によるその攻撃は、しかしイリスにとって最も厄介なタイミングでのものだった。

（攻撃する気配なんて全然なかったのに――）

前のめりになった瞬間をつく、心が読めているのではないかと錯覚する一撃。

（違う。最初からこれを狙ってた）

逃げに徹したのは誘いの隙。

じれたこちらが攻撃へのリソースを増やし、仕留めにかかるそのタイミングを狙っていた。

簡略化した魔法式による攻撃でも、不意打ちでのカウンターとなると対処は容易ではない。

（ぐっ、でもこの出力なら）

起動する寸前だった魔法式を修正し、水の槍を壁にして相殺する。

（威力はこちらの方がはるかに上。当てさえすれば防ぐことは容易）

水の槍が風の弾丸を粉砕する。

瞬間、広がった飛沫にイリスは息を呑んだ。

（視界が――）

気づく。

先輩の狙いは、最初からこちらの視界を奪うこと。

どこから攻撃が来るかわからない。

絶対に勝たないといけないのに。

先輩の間違いを正さないといけないのに。

鮮やかに光を放つ翡翠《ひすい》色の魔法式。

半減しているとは思えない魔力の気配。

動揺と恐怖。

攻撃が見えない。

（負ける。負けてしまう――）

心を冷たいものが覆う。
(負けてしまったら、私には何も残らないのに)
イリスの頭をよぎったのは、積み上げ続けた日々のことだった。
『よくやるよね、ほんと』
『もっと人生楽しめば良いのに』
『本気でやりすぎてて、ちょっと痛いっていうか』
惰弱な連中の気持ちはよくわからなかった。
陰で笑われてたのを知ってる。
投げ出したくなる日もあった。
練習に行きたくない朝なんて週に二回はあって。
それでも、一度だって手は抜かなかった。
休日に同級生と遊んだ記憶が私にはない。
同級生に誕生日を祝われたことが私にはない。
私は私のすべてを捧げてる。
他のものすべてを犠牲にしてる。
だから私は誰よりも強い。
(両方手に入れられるなんてそんなことあるわけない。あってはいけない)

イリスは目を閉じる。

意識を集中して魔力の気配を探る。

飛沫の壁の向こうにいるノエルの位置を特定する。

(私は絶対に負けられない)

その群青の魔法式は、鮮やかに美しく光を放った。

《両断する水流の剣《アクタルブレイズ》》

現れたのは巨大な水の剣。

近距離攻撃に特化した武器創造魔法は、ノエルが放った風の大砲を、起動が遅れたにもかかわらず両断した。

(勝つのは私だ――――)

水流の剣が先輩の身体を捉える。

先輩が咄嗟に出した左手が剣と交錯したその瞬間だった。

破砕する《魔封じの腕輪》
制限されていた魔力が解放される。

(え――――)

背筋に液体窒素を流し込まれたかのような悪寒。

経験したことのない魔力圧。

息ができない。
頭の中が真っ白になる。
直後、イリスを襲ったのはミキサーの中にいるみたいな振動と衝撃だった。
何が起きているのかわからない。
見えなかった。
認識することさえできなかった。
それが魔法による攻撃であることを理解したのはずっと後のこと。
気づいたときには、倒れ込んでいる。
(なん、で……?)
背中に感じる硬い地面の感触。
舞う粉塵と砂の味。
(今、何が……)
薄れゆく意識。
暗転する視界。
遠い世界から誰かの声が聞こえる。
『イリスちゃん、ごめん!　大丈夫!?』
垣間見たのは全容をつかむこともできない化け物じみた何か。

受け入れることができない。

(私はすべてを魔法に捧げてきたのに)

口の中がからからに乾いていた。

(この人は——私よりも強い)

◇　◇　◇

(完全にやってしまった……)

四番隊の所有する救護室で、私は頭を抱えていた。

鼻っ柱を折らないといけない周囲を傷つける後輩。

魔力をセーブしつつ相手の隙をうかがい、一瞬だけ全力を出して圧倒する作戦は、私の狙い通り進んでいた。

慣れるまで十分に時間を取ったから、イリスちゃんの攻撃は見えていたし、全力で魔法式を起動する際に癖があるのも気づいていた。

怪我させずに綺麗に決着をつけられるはずだったのに。

(まさか、ギリギリであんなの出してくるなんて)

それは本当に美しい魔法式だった。

たくさんの時間を魔法に注ぎ込んできた私だからわかる。

人生のすべてを捧げてきた人にしか描けない魔法。

(この子は本当に魔法が好きなんだろうな)

私は彼女に近いところがあるのを感じていて。

にもかかわらず、彼女の『好き』は私の『好き』と何かが違うように感じられた。

何が違うのかはわからないし、どちらが正しいのかはわからないけれど。

そもそも、『好き』に正しいなんてないような感じもするけれど。

(なんだか危うい感じがするんだよな)

いつか潰れてしまいそうな。

壊れてしまいそうな。

そういうバランスの悪さを私は感じていた。

硬度の高いダイヤモンドが割れやすいみたいに、張り詰めた彼女は何かのきっかけで砕けてしまいそうに見えた。

(できるならゆるませてあげたい。視野を広げてあげたいんだけど)

そのとき、聞こえたのは背後からの声だった。

「あの、先輩」

振り向く。

そこにいたのはマイルズくんだった。

手抜きと無愛想な態度で浮いてしまっている新人さん。

「なんで俺を助けたんですか」

模擬戦で、マイルズくんを執拗に攻撃するイリスちゃんを止めたことについて、言っているのだろう。

「七番隊の大事な金の卵くんなんだから当然だよ」

「思ってもないこと言わないでくださいよ」

「思ってるから言ってるんだよ。いつも最低限、してないと問題になる部分だけはちゃんと真面目にやってるでしょ。要領良くて要点をつかむのうまいなって感心してる。その勘の良さは君の武器だよ。君には良い魔法使いになれる素養がある」

マイルズくんは、少しの間押し黙ってから言った。

「俺は先輩が嫌いです」

「え？」

「失礼します」

遠ざかる背中を見送る。

私は多分、何か間違えたのだろう。

（なかなか簡単にはいかないな……）

だけど、彼をこのまま放っておくつもりはなかった。

(七番隊をみんなが前向きに働ける素敵な部隊にするんだ)

副隊長になったときにやりたいと思ったひとつの目標。

あきらめの悪い私は、まだまだこれからだって思っている。

(あとは、イリスちゃんもみんなの輪に入れるようにしないと)

考えていたそのときだった。

視界の端で、イリスちゃんの形の良い目が開いたのが見えた。

「大丈夫？　痛いところはない？」

声をかける。

ベッドの上から私を見つめるイリスちゃん。

少し意外そうな顔で言った。

「付き添っててくれたんですか？」

「うん。あ、サボってるわけじゃないよ。仕事はちゃんと持ってきてるから」

「そんな狭い机でやるの効率悪くありません？」

「そうでもないよ。やってみると、意外とどこでも集中することはできるというか。むしろ何もせずぼんやりしてる方が苦手なんだよね。時間があるとつい魔法の本開いちゃうし」

「あ、わかります。ちょっとした移動中に魔法の本読むのいいですよね」

「そうそう。最近はこの本読んでるんだけど」

「それ、あたしも読みました」

「ほほう。良い趣味をしておりますなぁ」

「なんですかその口調」

しばしの間、魔法談義に花を咲かせる。

やっぱり魔法が好きなんだな、と感じずにはいられない話しぶりと知識量。

あるいは、それは『好き』のその先にある感覚なのかもしれない。

自分の人生の一番大切なこととして、一心に突き詰めようとしてる、みたいな。

その意味で、イリスちゃんの『好き』は私よりもストイックで切実なのかもしれなかった。

会話が途切れたタイミングで、不意にイリスちゃんが言った。

「先輩は、あたしに何が足りないと思いますか？」

簡単に答えてはいけない問いだと感覚的にわかった。

私は言葉を選ぶ。

慎重に思いを伝える。

「少し視野が狭くなってるとは感じるかな」

「視野が狭くなってる？」

「魔法がこの世界のすべてみたいに思ってるんじゃない？　気持ちはすごくわかるけど、魔法より大切なこともあると思うんだ。たとえば、イリスちゃんが幸せな人生を送ることとか」

「先輩は間違ってます。そんな甘いこと言ってたら世界一の魔法使いになんてなれません」

「自分の幸せを犠牲にすればうまくいくって考えてる？　それこそ甘えじゃない？」

私は言う。

「がんばるのは素敵なことだけど、いつか限界が来るよ。無理は長続きしないものだから。それよりがんばってるなんて気持ちを忘れちゃうくらい、思い切り愛してあげる方が魔法も応えてくれるんじゃないかって思うんだ。何より、私はイリスちゃんに幸せな人生を歩んでほしい。誰よりも頑張り屋なイリスちゃんは、幸せになるべき人だと思うから」

「…………そんなこと」

「あるよ。大ありだよ」

イリスちゃんは瞳を揺らした。

私はにっこり目を細めて続けた。

「とはいえ、こんなこと言ってる私も魔法しか見えない視野めっちゃ狭い人なんだけどね。だからイリスちゃんの気持ちもわかるというか。ここだけの話、私はイリスちゃんのことを結構気に入ってるの。だからこそ、人の弱さに寄り添える優しい人になってほしいなって思ってる」

私の言葉が、どれくらいイリスちゃんに届いたのかはわからなかった。

口うるさくてうっとうしい先輩って思われたかもしれない。

それでもいい。

たとえ嫌われても、伝えるべきことだと思ったから。

イリスちゃんが良い人生を送るために、きっと必要なことだから。

（いや、でももうちょっと伝え方を考えた方がよかったかな）

思い返して後悔と反省をする。

先輩になるってなかなか大変だ。


翌朝、王宮に出勤した私はマイルズくんとすれ違う。

「おはよう」

「…………」

マイルズくんの返事はない。

これが今時の若者なのだろうか。

一歳年下の彼の姿にこの国の未来を憂う。

しかし、あきらめが悪く負けず嫌いなところのある私だ。

（見てろ……マイルズくんが挨拶したくなるかっこいい先輩になってやるからな……！）

現れた難敵に闘志を燃やしつつ、歩いていた私のところに駆けてきたのは、お酒大好きで痛風疑惑のあるムーナちゃんだった。

「先輩大変です！　セルティちゃんが！」

「セルティちゃんがどうかしたの？」

「朝一でイリスさんに呼びだされたんです。『二人きりで話したい』ってすごく怖い顔で」

「すごく怖い顔で……」

「いつも以上に不機嫌そうでした。私、セルティちゃんがボコボコにされちゃうんじゃないかって思って恐る恐る後をつけたんですけど」

　ムーナちゃんは言う。

「イリスさんはセルティちゃんと何か話してました。また悪口言われたのかなって思って、話し終えて一人になったセルティちゃんに声をかけたんですよ。そしたら、セルティちゃん怯えきってて。すごく怖いものを見たような顔をして言ったんです」

「何て言ったの……？」

　内心の動揺を抑えつつ平静を装う。

　続きを聞くのが少し怖かった。

　私のせいでイリスちゃんをよくない方向に行かせてしまったとしたら――

（いや、だからこそ逃げちゃダメだ）

　覚悟を決める。

　ムーナちゃんは、怯えきった声で続ける。

「イリスさんに『全部あたしが悪かった。反省してる』って言われたって。なんだか別人にしか思えないくらいにしおらしかったみたいで。私たち、本当に怖くなっちゃったんです。昨日のあれで頭を強くぶつけたんじゃないかとか、精密検査を受けた方が良いって心配してる人もいて。絶対普通の状態じゃないから診てもらった方が――ってなんでそんな変な顔してるんですか先輩？」

いぶかしげな顔で言うムーナちゃん。

頬がゆるみそうになるのを堪《こら》えるのが大変だった。

「そ、そうかな？　気のせいじゃないかな」

「いや、絶対何かあるような……もしかして裏で先輩が締めたとかですか？　先輩が裏ボス？」

「違うって。締めてない締めてない」

「わ、私これからはもっと言葉遣い気をつけます」

「だから裏ボスじゃないって」

戸惑った顔のムーナちゃんに言いながら、私は胸の奥にあたたかいものを感じていた。

不器用だけど素直で一生懸命な後輩。

これは――思っていた以上にかわいいかもしれない。

イリスちゃんが少しやわらかくなった。

その事実が、七番隊の新人さんたちにもたらした影響は大きかった。

みんな戸惑いを隠しきれない様子で、「体調大丈夫かな?」とか「検査を受けた方がいいんじゃ」みたいなことを話している。

「失礼すぎると思いません!? あたし、これ切れていいやつだと思うんですけど!」

むっとした様子で言うイリスちゃん。

「今までのあたしだったら間違いなく手が出てましたね。それだけじゃなく脚も出てたかも。頭突きはしたないのでさすがにしないですけど」

「え?」

「え?」

「あ、うん。なんでもないよ。気にしないで」

大人でクールな先輩感を出しつつ、平静を装う。

(頭突きってキックよりはしたないのか)

小さい頃、田舎町でいじめっ子たちをぶっ飛ばして回っていた過去を持つ私の中では、命中率が高く破壊力も抜群の有力な打撃技だったのだけど。

思えば、他の女の子が頭突きをしている姿は見たことがないかもしれない。

(落ち着いた大人女子への階段を上っている私としては、これからは使用を控えていくことにしよう)

密かに思う私に、イリスちゃんは言った。

「そういえば先輩、国別対抗戦で頭突きしてましたよね」

「してないよ」

「え？　たしかどこかの試合で頭突きでの決着が話題になってたような」

「気のせいだよ。別の人だよ」

「あれ？　そうでしたかね？」

首をかしげるイリスちゃん。

（ふう、危ないところだった）

なんとかごまかすことに成功して、ほっと息を吐く。

頼れる大人な先輩として、イリスちゃんの信頼を勝ち取り始めている私にとって、イメージ戦略は重要。

憧れのレティシアさんみたいにクールで素敵な人だと思ってもらうためには、こういう地道な努力が大切なのである。

「でも、人間ってめんどくさいですね先輩。折角このあたしが反省して謝ってあげてんのになんか逆に怖がられてて。もうほんとわけわかんないっていうか、なんでこの気持ちが伝わらないのかって」

イリスちゃんはうんざりした顔で肩をすくめた。

「今までが結構ひどかったからね。信頼を取り戻すのは大変なの」

「正直割に合わないっていうか。いっそ投げ出したいって十秒ごとに思ってるんですけど」

「今ががんばりどきだよ。続けていればいろいろなことが変わってくるからさ」

「そういうものですかね。まあ、やれるだけやってみます。人間と関わってやるのもたまにはいいかって思いますし」

「イリスちゃんは人間じゃないの？」

「天上天下《てんじょうてんげ》唯我独尊《ゆいがどくそん》、最高にキュートでかわいい天才魔術師です」

「自己肯定感高くて何よりだよ」

「先輩も結構かわいいですよ。あたしの方が上ではありますけど。でも、あたしを除けばこの世界で一番じゃないかなって」

「褒め言葉として受け取っておくよ」

かなり変わった子ではあるけれど、私のことを慕ってくれている気持ちに嘘はない感じがする。

周囲とのコミュニケーションに関する問題にも、意外なくらい真面目に取り組んでいて。

ひとまず彼女のことは大丈夫そうだと、少し安心して見ているのだけど。

一方でもう一人の問題児――マイルズくんについては、まったく改善の気配が見られなかった。

(私にできる精一杯、いろいろとやってはいるんだけどな)

しかし、結果として状況はより悪くなっている感じがする。

人の心ってすごく複雑だから。

不真面目な後輩をやる気にさせるのは、魔法よりずっと難しいのかもしれない。

「あいつムカつきますよね。ぶっ飛ばしたくなったらいつでも呼んでください。あたし、お供するんで」

「思い切り魔法をぶっ放してストレス解消したいだけでしょ」

「先輩はあたしのことをよく知ってますね」

肩をすくめてから、私はルークにマイルズくんについて相談することにした。

積まれた資料の山。

おそらく、聖宝級《メイガス》昇格に近づける大きな何かを追っているのだろう。

慌ただしく時間に追われているあいつは、資料に視線を落としたまま言った。

「難しそうなら、あきらめていいよ」

「でも、それじゃずっとあのままだよ。隊全体の雰囲気にもよくない影響が出る」

「前にも言ったでしょ。人を変えるのは難しい。不可能なことも多くある。結局、本人が気づいて変わらなければいけないから」

「じゃあ、私たちで気づかせてあげれば」

「それが難しいって言ってるの」

ルークは顔を上げて言う。

「人は自分が見たいものを見る生き物だ。よくないところを自覚して改善するより、誰かのせいにしてる方が楽だから。変わりたくない人は変えられない。それが僕の経験則」

「たしかにその通りかもしれないけど……」

「もちろん基準に達してないときはその都度注意していいけどね。働き方は人それぞれ。多様性として認めてあげるのも大切なことでしょ」

ルークは言う。

「僕らに与えられている時間には限りがある。咲く気のない花に水をあげるより、もっとやらないといけないことがたくさんあるからさ」

現実的で大人な意見だと思った。

王宮魔術師団での初めての後輩を大事にしたい私と違って、ルークは既にいろいろなことを経験していて。

その結論として、今の考え方に行き着いたのだろう。

だけど、私はマイルズくんをまだあきらめたくなかった。

彼の仕事ぶりを見ていると、なんとなく違和感があるのだ。

手の抜き方に慣れてない感じがあるというか。身体にしみつききってないものを感じることがある。

「いやいや、気のせいだって。あんな態度悪い子みたことないもん」

相談した私に、ミーシャ先輩はあきれ顔で言った。

「ノエルはまだわからないかもしれないけど、あきらめるしかない相手も世の中にはいるものだよ」

「それはわかります。私もいろいろと苦労した経験があるので」

私は言う。

「でも、この魔法式の第二補助式を見てください。この丁寧な描き方って手抜きする人はまず習得できないと思うんです」

「いや、これくらいは別に誰でも……」

ミーシャ先輩は首をかしげつつ魔法式を見つめる。

しばしの間、じっと視線を落としてから言った。

「よく気づいたね、これ」

「彼の描く魔法式に違和感があって、なんでかなって注意して見てたので」

「この描き方する人がどうしてあんな風になっちゃったんだろ」

「私、ちょっと彼について調べてみます」

私はラムズデール魔術学院とスレイン魔道具師ギルドについて調べた。

王宮魔術師団五番隊に、マイルズくんと学院時代同級生だった先輩がいて、当時の彼について話を聞くことができた。

「やっぱり彼だったんですね。もしかしたらとは思ってたんですけど」

先輩は言う。

「マイルズくんのことはよく覚えてます。彼はうちの学年だと有名だったので」

「どういう人だったんですか？」

「みんなに慕われてる優等生でした。誰よりもやる気があって、リーダーシップがあって。この国で一番の魔道具師になるんだって燃えてました」

「それ、本当にマイルズくんですか？」

しかし、私の言葉は廊下の話し声に遮《さえぎ》られて、彼女にはうまく聞こえなかったみたいだった。

「私なんかよりずっとやる気があって勉強熱心でした。キラキラしてて眩しかったな。今もやっぱりがんばってます？」

「……そうですね。すごく頼りになってます」

「よかった。少し心配だったんです。彼についてはちょっと変な噂もあったから」

「変な噂？」

「別人みたいに荒れてたって。酒場でもめ事を起こして出入り禁止、みたいな」

「そんな噂が」

「でも、よかったです。変わらずがんばってるみたいで」

微笑んだ彼女に少し胸が痛んだ。

嘘をつくべきではなかったのかもしれない。

だけど、彼の現状を伝えるのも違う感じがして。

人間関係って難しい。

(とにかく、学生時代のことはわかった。今の彼からは、正直まったく想像もつかない感じだけど)

しかし、彼女が嘘をついているようには見えなかった。

だとすれば、魔道具師時代に何かがあったと考えるのが自然だろう。

(魔道具師ギルドか……)

心の奥で、私の中の何かがざわめいていた。


スレイン魔道具師ギルドについて、王宮魔術師団の中に彼以外の出身者はいなかった。

登録されていた情報によると、地方の中規模な魔道具師ギルドとのこと。

他のギルドに比べて際立って安価な魔道具を売り出すことで、急成長していたのが三年前のこと。

しかし、そこから業績が悪化し、彼が辞めてすぐに資金繰りの問題によって業務停止状態になったということだった。

(王宮内でこれ以上の周辺情報を集めることは難しい。関係者に話を聞ければいいんだけど、ルークから任されてる仕事のことを考えるとそこまでしてる余裕はないか)

大図書館のアーカイブと裁判記録を整理する中で、私はルークが追っている何かについて、なんとなく当たりがつき始めていた。

付き合いの長い私だからわかるあいつの狙い。

(多分、貴族社会で影響力のある誰かが王国に敵対する何かと関わりを持っている)

それが事実なのかどうかはわからない。

しかし、ルークはかなり深刻な状況まで想定して動いているようだった。

(レティシアさんにも力を貸してもらってるみたいだし)

執務室の机に積まれていた資料のことを思いだす。

ストイックで人に頼ることを避けるところがあるあいつだから、協力をお願いするなんて普通ならしないはずで。

(それだけ、大きな何かがあると考えてる)

近頃、ルークは七番隊のスケジュールの中で魔法戦闘訓練の時間を明らかに増やしていた。

それも実践的で実用的な内容のものを。

(危険な現場に踏み込まないといけない可能性がある。新人さんたちの練度は徹底的に上げておかないと)

安全が最優先なので、ルークの指示以上に新人さんたちが身を守るためのトレーニングを増やしていたのだけど、その分私が担当しないといけない資料の整理と確認は目に見えて増えていた。

(あまり時間をかけることはできない。マイルズくんの問題は、正面から最短距離で片をつける)

決意した私は、終業前にマイルズくんに声をかけた。

「ねえ、マイルズくん。少し話したいことがあるんだけど、今日の仕事終わった後とか予定あるかな」

「行きたくないのでお断りします」

「しょ、正直すぎる……」

いろいろ通り越して感心してしまった。

これが現代っ子というやつなのだろうか。

年齢はひとつしか変わらないはずなんだけど。

田舎育ちで古めな価値観に慣れ親しんだ私と、都会育ちの彼という違いもあるのかもしれない。

(だが、ここまでは想定済み。仕事に対して誰よりも冷めてるマイルズくんが簡単に乗ってくるとは私も思ってない。だからこそ、とっておきのカードを用意している)

私は不敵に笑みを浮かべてマイルズくんに言った。

「ねえ、マイルズくん。付き合ってくれたら、奢ってあげてもいいよ――霜降りお肉のステーキ」

それは私が持っている中で最強のカード。

《血の60秒》における賭け事で有り金を全部失った私が、コツコツ貯めてきた貯金を切り崩して用意した切り札。

霜降りお肉の圧倒的魅力の前には、マイルズくんも理性を失って陥落すること間違いなし。

勝利を確信する私に、マイルズくんは冷たい無表情で言った。

「興味ないです。食べるの好きじゃないので」

「ば、バカな……」

信じられない。

霜降りお肉の誘惑をはねのけられる人間がいるなんて。

まったく想像していない状況に愕然とする私だったけど、思えば先輩とごはんに行きたくない人は多いと聞いたことがある。

就業時間外の過ごし方は人それぞれだし、強要するのはやり方として間違っている。

(就業時間内に話す方法を考えるか)

作戦を立て直そうと知恵を絞っていたそのときだった。

「話ってどういう内容ですか？」

「え？」

振り向く。

マイルズくんが私を見ている。

「何か話があるんですよね」

「うん。少し魔道具師時代の話を聞きたくて」

「魔道具師時代の話……」

マイルズくんは零《こぼ》すみたいに言った。

その言葉は彼にとって、今でも何らかの意味を含んでいるように感じられた。

「でも、行きたくないなら大丈夫だよ。自分の時間は大切にするべきだし。無理して合わせる必要はないから」

断りやすいように言った私に、マイルズくんは少しの間押し黙ってから言った。

「行きます」

「…………え？」

自分の耳が信じられなくて聞き返す。

マイルズくんは言った。

「行きます」


三十分後、私はマイルズくんと王都のステーキ店で向かい合っていた。

入団してすぐ、ガウェインさんに奢ってもらったのが思い出深い最高級店。

私の金銭感覚からすると、自分のお金ではとても行けないところなのだけど、だからこそガウェインさんに奢ってもらった日のことは、私の中に先輩との素敵な思い出として強く焼き付いている。

私も後輩に同じことができたらな、と思ってこのお店に連れてきたかったのだった。

（あ、でもマイルズくんだけ連れてくるのは贔屓みたいに思われちゃうかも）

一人だけに奢って贔屓しているように見えるのは、先輩としてあまり良くないかもしれない。

(他のみんなにも奢ってあげてバランスを取らないと。でも、八人か……)

なくなっていくお金。

後輩に奢りすぎて、借金を重ねていたガウェインさんの気持ちが少しわかってしまった。

(先輩って大変だ)

減っていくお金にこめかみをおさえてから、私は首を振って意識的に笑みを浮かべる。

「遠慮なく食べて良いからね」

それは心からの言葉でもあったけど、同時に少し遠慮してくれたらうれしいなって気持ちもないわけではなかった。

良い先輩でありたい私と、貧乏性の私による葛藤。

そして、マイルズくんが選んだのはお店の中で一番高いメニューだった。

(なんという遠慮のなさ……これが現代っ子……)

空気を読まずに、最も自分にとって価値の高い選択をためらいなくできる。

(恐ろしい子だ)

底知れない何かを感じつつ、店員さんを呼んで注文を済ませる。

最初に届いたのは赤ワインだった。

グラスを揺らし、香りを楽しんでからそっと口に運ぶ。

目を閉じてしっかりと味わってから思った。

大人女子に強い憧れを持つ私は、おしゃれで素敵な響きに誘われて何度もワインに挑戦しているのだけど、未だにその魅力を見つけることができずにいた。

(わかんない……)

苦いしあんまりおいしくないし、他のお酒やブドウジュースの方がいいのでは、というのが正直な感覚。

みんな大人なおしゃれ感を出すために、我慢して飲んでいるのだろうか？

あるいは、私がまだ飲み慣れていないだけで、繰り返し飲んでいるとおいしく感じるようになってくるのかもしれない。

(もう少し我慢して飲んでみよう)

神妙な顔でワインと向き合う私に、マイルズくんが言った。

「どうして誘ってくれたんですか？」

「君と話したかったから。ほら、私たち元魔道具師っていう共通点あるでしょ。愚痴とか悩みとか共有できることあるかもって」

「そうですね。俺もノエル先輩とは少し話してみたかったです」

意外な言葉に内心驚く。

「そうなの？」

「はい。魔道具師から転職して活躍してる先輩の話は、業界では有名になってるので。俺もそれがきっかけで王宮魔術師団の入団試験を受けましたし」

(う、うれしいこと言ってくれるじゃん、この子！)

ゆるみそうになる頬をおさえるのが大変だった。

大人な先輩としての表情をなんとかキープしつつ言葉を返す。

「そ、そうなんだ」

「しかも、地方の魔道具師ギルド。労働環境もかなり悪いって噂のところだったので」

「たしかにいろいろと大変なところではあったかな。田舎だし、他のギルドもあんな感じのところが多いと思うけど」

「どういう感じでした？」

「えっとね。元同業者ってことで詳しく話すと――」

私はマイルズくんに魔道具師時代の労働環境について話した。

月の残業時間が四百時間を超えていたこと。家に帰れずお風呂になかなか入れなかったこと。床で眠ってたから身体の節々がずっと痛かったこと。寝心地が悪い分眠りが浅くて四時間で起きられるからたくさん働けること。固有時間を加速させる魔法を何時間も使ってなんとか仕事を回していたこと。

「じ、地獄過ぎませんかそれ……」

「なかなか大変だったよ。今から振り返るとあれはあれで良い経験だったかなって思うけど。でも、どんなにお金を積まれてももう一度あの環境で働くのは避けたいかな」

「誰でも思いますよ、それは」

「何より、全然評価してもらえないのがきつくてさ。『役立たず』とか『平民女は使えない』とか、言葉がちくちく痛くて。私って才能ないのかなって落ち込んだこともあったなぁ」

「先輩もそんなことがあったんですね」

「その分、今の環境がありがたすぎて本当に幸せだけどね」

良くしてくれた先輩達を思いだして目を細める。

たくさんやさしくしてもらった分、今度は私の番。

後輩たちにとって良い先輩になれるようにがんばらないと。

「マイルズくんのところはどうだった？」

「………………………」

マイルズくんは何も答えなかった。

話していいのかどうか迷っているみたいだった。

店員さんがステーキを運んで来た。

熱された鉄板とお肉が焼ける音。

「とりあえず食べようか」

言ったのは、話しづらい何かがそこにあるように感じたからだった。

「マイルズくんが話したいタイミングでいいよ」

カットされてあるステーキをフォークで口に運ぶ。

濃厚な肉の甘み。

マイルズくんも黙々と食べ始める。

肉が焼ける音が響いている。

「クソみたいなところでした」

独り言みたいにマイルズくんは言った。

前職の話だと気づくまでに少し時間がかかった。

「クソみたいな人たちがクソみたいなものを作ってました。規格も品質も無茶苦茶で、みんなお金のことしか考えてなくて。必要な素材を省いた粗悪品を作ることを強制されて。おかしいと思ってギルド長に言ったんです。先輩達は利益のために王国法違反をしてるって。その日から、俺に対するいじめが始まりました」

マイルズくんは言う。

「不正はギルド長が主導していたんです。告発したら業界で働けなくしてやるって脅されて。魔道具師は夢だったから、辞めることもできなくて。殴られたくないから指示通り粗悪品をたくさん作りました。自分がどんどん嫌いになって、好きだった仕事もまったく楽しいと思えなくなって。気がつくと俺も染まってました。仕事は金のためにやるものなんです。好きとかそういう甘いことを言えるのは選ばれた人だけ。凡人は生活のためにあくせく働くしかない。そういう気持ちってわかりますか」

マイルズくんは何かに怒っているように感じられた。

引きちぎられた夢の残滓《ざんし》がそこには残っていた。

働き始めた彼の中には大きな期待があったのだろう。

念願だった魔道具師の仕事。

最初はうまくいかないこともあるかもしれない。

苦労することもあるかもしれない。

しかし、耐えて乗り越えてきっといつか――

そんな彼の希望は裏切られた。

世界は彼が思っているより汚れていて、狂っていて。

純粋だった彼はぬかるみに足を取られた。

深く底のないぬかるみは、ゆっくりと彼を飲み込んで破壊していった。

「王宮魔術師団に入ったのは金のためです。生活のために最低限の仕事をする。結局世の中金ですから。先輩が何をしようと俺は変わりません。先輩は選ばれた人だった。運が良かっただけなんです。誰もが先輩みたいに好きなことを好きなまま仕事にできるわけじゃない。俺は先輩が嫌いです」
マイルズくんは言った。
明確な敵意がそこにはあった。
きっと、他にもいろいろな気持ちがそこに込められている。
怒りとか嫉妬とか憎しみとか、そういう綺麗じゃない感情。
知っている、と思う。
そういう気持ちを私は知っている。
『つい比べちゃって、心からお祝いできなくて。ごめんね、私ダメなやつだ』
再会したルークに拾われた日。
社会の厳しさと理不尽に打ちのめされていた。
今、目の前にいるのはきっと——あの日の私だ。
「大変だったね……つらかったね」
視界が涙でにじむ。
「マイルズくんは何も悪くない。否定するやつは私がぶっ飛ばしてやる」
「いや、だから俺は先輩が嫌いで」
マイルズくんは戸惑った顔で言った。
私は目元を拭う。

「それでも、私は君の考え方を支持するよ。君はそのスタンスを変えなくていい。今の仕事ぶりじゃ合格点は出せないから、もう少しだけ丁寧にやってほしいけど。あとはそのままでいいからさ」

私は続ける。

「君は君の心の声を聞いて、君がやりたいようにやってほしい。でもね、全部が全部今のままやろうとしなくてもいいよ。時々で良いから、働き始める前の君も大事にしてほしい。一生懸命やるのが楽しいってことを君は知ってると思うんだ。私は今の君も好きだけど、昔の君もすごく好きだから。これは個人的なお願いであり、わがままだから無理して聞く必要はないんだけどね」

にっこり目を細めて私は言った。

「何を選んでも、私は先輩として君を応援してる。ちゃんと見てるからね。期待してるから」

私の言葉がどのくらいマイルズくんに届いたのかはわからない。

翌日のマイルズくんは今までと何も変わらないように見えたし、もしかしたらめんどくさい先輩と思われただけかもしれない。

それでも、私は彼のことを見守っていこうと思った。

一週間後、新人さんたちが翻訳したアーカイブをチェックしていたミーシャ先輩は言った。

「ん？　あれ？　ほんとに？」

困惑した表情。

「どうかしましたか？」

「いや、マイルズ・ノックスの担当したやつチェックしてたんだけどさ。ほら、あの子手抜きするから細かい部分の訂正で紙が真っ赤になるでしょ」

「なりますね。まだ慣れてないっていうのもあると思いますけど」

「今回ミスがほとんど見つからなくてさ。私、今日疲れてるのかも。念のためノエルにチェックを――ってなんでにやにやしてるの？」

「いや、『私が育てた』ってこういう気持ちなのかなって」

「は？」

こぼれる笑みを頬杖で隠しながら、私は彼が翻訳したアーカイブに視線を落とした。

◇　◇　◇

王宮魔術師団三番隊副隊長執務室。

鍵のかけられた部屋では、盗聴防止の魔道具が青白い光を放っている。

「御三家の調査結果はどうでした？」

サファイアブルーの瞳と問いかけ。

対して、レティシア・リゼッタストーンは周囲を一度確認してから言った。

「事実を裏付けられる証拠は何ひとつ出てこなかったわ。王国を脅かす強大な何かとのつながりはないように見える、というのが私の調査結果」

「では、御三家のうちアルバーン家とエニアグラム家は白と考えていいと？」

「状況はそう簡単に結論づけられないと私は見ている。あまりにも綺麗すぎるのよ。調査が行われることを想定して準備していたように見えた。作為的な何かの気配があった」

「ヴィルヘルム伯の一件もありましたしね。警戒して対策していた可能性もある」

「あれが対策の結果だとすれば短期間でできるものじゃない。仮に黒だったならおそらく、ずっと前から少しずつ準備は進められている」

部屋を沈黙が満たした。

空気にひりついた何かが混じっていた。

「レティシア先輩はどう考えていますか？」

「明確な事実を根拠に答えれば白と言うしかないわね」

「不明確な事実を根拠にすれば？」

ルークは言う。

「貴方の勘はどちらだと言ってますか？」

レティシアは黙り込む。

言葉を選び、確認してから吐き出すように言う。

「おそらく黒」

目を伏せ、苦々しげな表情で続けた。

「アルバーン家とエニアグラム家は王国を狙う何者かと接触している」

「想定していた中で最悪の状況ですね」

「貴方にとっては好都合なんじゃない？」

「どういう意味ですか？」

「王国を狙う何者かの存在を暴き、御三家との関係を明らかにすれば、七番隊の船出としては最高に近い成果を残すことができる。今の貴方がこれだけの結果を出せば、聖宝《メイガス》級昇格は間違いない」

「そうですね。都合が良いのは認めます。ですが、正直ここまでは僕の中では既定路線でした。ヴァルトシュタイン家次期当主として、アルバーン家とエニアグラム家のことはよく知っている。つながりがないわけがない」

「じゃあ、ヴァルトシュタイン家も」

息を呑むレティシア。

「うちの家からは何も出てきませんでした」

ルークは表情を変えずに言った。

「レティシアさんのケースとは違います。準備も対策もなされてはいない。不正と後ろ暗いつながりのオンパレードです。事実が表になれば、ヴァルトシュタイン家は壊滅的なダメージを受ける。もちろん、それを許す父ではないですが」

「しかし、王国を狙う何者かとの接触はなかった」

「そういうことです」

ルークは痛むみたいに目を細めて、窓の外を見つめた。

「よかったじゃない。御三家のすべてが裏切っているという最悪の事態は回避することができた」

「よくないですよ」

ルークは感情のない声で言った。

「最悪です」

第３章　潜入

おそらく、ルークが最も仕留めたかった標的は、自らの父でありヴァルトシュタイン家だったのだろうとレティシアは推測した。

父の不正と裏切りを暴いて追い落とし、英雄的にヴァルトシュタイン家の当主となる。

腐敗としがらみに満ちた家を解体し、万全の地盤を築く。

(そうすれば、平民であるあの子と結ばれても誰も反対意見を言えなくなる。あの子に対する悪評も防ぐことができる)

そこまで先のことを想定しての行動だったのだろう。

御三家が王国を狙う何者かとつながりを持っている可能性に気づいたとき、ルークは何よりもそこに期待したはずだ。

英雄的に父を追い落とすことができれば、彼の抱える問題の一切はこれ以上ない形で解消される。

しかし、現実としてはそうはならなかった。

王政派の筆頭であるヴァルトシュタイン家が、王室に反旗を翻す可能性は低いと判断したのかもしれない。

　慎重かつ賢明な選択だ。

　私も敵の立場なら同じ選択をするだろう。

（この国の内部事情をよく知っている）

　ヴァルトシュタイン家は王政派の筆頭だが、血筋によるつながりの深さで言えばアルバーン家とエニアグラム家の方が深い。

　どこが崩れやすく、どこが堅固なのか。

　外から見極めるのは簡単なことじゃない。

（御三家に接触する以前からこの国のかなり奥にまで入り込んでいた？　あるいは内部事情を知ることができる情報筋を持っていた？）

　ルークに渡された資料に視線を落とす。

　新設された七番隊が行っている、大図書館のアーカイブと不正事件記録の整理。

　対外的には、人手不足で後回しにしていた雑用を買って出ているように見えるこの仕事の真の目的は、王宮内にいる内通者を割り出すことだった。

　ヴィルヘルム伯と同様に、失われた旧文明の魔法技術を使って何かを企む有力貴族。

　ルークが裏で手を回し、既に八人の使用人と三人の貴族が二番隊魔法不適切使用取締局の監視下に置かれている。

しかし、ここまで大がかりに活動しながら、未だにレティシアがほとんど情報をつかむことができずにいる敵組織はいったい何者なのか。

（西部辺境を襲った《飛竜種》には対象を狂化状態にする遺物が使われていた。《薄霧の森》に現れたゴブリンエンペラーにも高度な隠蔽魔法が使われていた上、何者かが人為的に発生させた可能性がある。犯罪組織《黄昏》の背後には資金を提供した何者かの存在があった。《封印都市》における《古竜種》騒ぎも、首謀者についてはほとんど何もわかっていない）

最悪の場合、数万人の被害者が出てもおかしくなかった事件の数々。

《古竜種》の事件に至っては、国ひとつが消えてなくなる可能性さえあった。

これらの事件について、関連する何かは見つかっていない。

しかし、ルークとミカエル王子殿下はその背後に同一の何かの存在を感じている。

このまま調査を続行しても何も得られない可能性が高い。

リスクを冒さなければならないというのがレティシアの判断だった。

虎穴に入らずんば虎子を得ず。

多くを得るためには、失う覚悟を持って踏み込まなければならない。

（おそらく、彼は既にかなり危険なところまで踏み込んでいる。私が何もせずにいるわけにはいかない）

単独行動を好む危なっかしい後輩に、レティシアは自分に似た何かを感じていた。

だからこそ入団当初から気にかけた。

同じ類いの人間だからわかる。

彼を止めることはできない。

危なっかしい後輩を守るためには、代わりに自分がリスクを取る必要がある。

(私は彼より八年も長く生きてるしね)

三十歳の誕生日が迫っていた。

大好きだった《先生》の敵討ちのためにすべてを捧げてきたこれまでの人生に悔いはない。

最も叶えたい願いは果たすことができたのだ。

優秀な後輩と仲間に助けられて、願ってもないくらいの理想的な形でレティシアの復讐劇は幕を閉じた。

恵まれていたし、幸運だった。

だから、もう十分。

今度は私が、助けてくれた後輩の力になる番。

(しかし、いつものことながらすごいわね。好きな相手のために、そこまでがんばれるものなのかしら)

自分にはできないと思うのは、情が弱く冷たい人間だからなのだろうか。

恋愛的な意味で、誰かを好きになるという感覚がレティシアにはわからないところがある。

知識として理解はしているけれど、そういう思いを経験することはなかった。

告白されたことは何回かあるが、自分にはずっと大切なことがあったたし、心が揺り動かされるようなこともなかった。

それだけ余裕がなかったのかもしれない。

あるいは、そういう感情に縁がない類いの人間なのかもしれない。

『ほんと冷たいよね、あいつ』

『レティシアは何を考えてるかわからない』

昔言われた言葉が頭をよぎる。

その通りだと思う。

私だって、私のことがよくわからない。

(あるいは、あれは恋だったのだろうか)

思いだされたのはずっと昔のことだった。

レティシアは十歳の少女で、自分が神様に守られているように感じていた。

大人はみんな大きくて立派に見えた。

悲しい顔をしているとすぐに両親と《先生》が声をかけてくれた。

知っている誰かが死んだことはなかった。

自分と周りの人は永遠に生きられるんだという錯覚があった。

それは長くは続かない、つかの間の夢のような時間だった。

そんなある日、《先生》に連れられてレティシアは私塾の子供たちと町の魔道具店に行くことになった。

道中で迷子の小さな男の子を見つけたレティシアは、声をかけてその子の両親を捜してあげた。

レティシアは聡明な子供だったから、男の子の話す要領を得ない言葉の中から価値のある情報を抜き出して、現実的な意味のあるものとして再構成することができた。

レティシアは男の子の両親を見つけ、捜していた両親からいたく感謝された。

しかし、気づいたときレティシアの周囲に知っている人は誰もいなかった。

男の子の両親はレティシアの落ち着いた振る舞いを見て、このあたりに住んでいる子だと錯覚していたし、《先生》と私塾の仲間たちの中にもしっかり者のレティシアは大丈夫だという信頼があった。

偶然が重なって、彼女が迷子になるという状況を誰も想定していなかった。

そして、彼らが考えている以上にレティシアの知識には抜けている部分があった。

知っていることについては、大人よりも的確に対処することができたが、知らないことに対しては年相応の子供でしかなかった。

領主の家のお嬢様として育ったレティシアは、町の中に治安が悪い危険な地域があることも、世界が残酷で悪意に満ちていることも知らなかった。

迷い込んだ薄暗い路地裏。
黒ずんだ布きれ、破砕した木箱、酒瓶の破片。
潰れて腐敗した果実と鼠の死骸。
くたびれた服を着た男たちがレティシアを見ていた。
大柄な男に腕をつかまれた。
汗の臭いがした。酒の臭いがした。
路地の奥に連れ込まれそうになったそのときだった。
汚れた灰色の靴が男の顔面を捉えていた。
空を飛ぶかのような跳躍からの跳び蹴り。
同じ私塾に通っていた男の子だった。
大人を押し飛ばして、レティシアの腕をつかんだ。
有無を言わさず手を引いて、路地の中から連れ出した。
「どこ行ってんだよ。危ねえだろ」
男の子は怒っているみたいだった。
彼の手はしっかりとレティシアの手をつかんでいた。
彼は他に何も言わなかった。
こちらを向くこともなく、ただ前を見て歩いていた。

彼の手は熱を持っていて、別の生き物のような不思議な感覚があった。

知っている男の子のはずなのに、なんだか知らない誰かみたいに見えた。


家に帰ってからもレティシアはその手の感触を繰り返し思いだした。

それはふとした瞬間に、彼女の心をつかんであの日の路地に連れていった。

思いだすとなんだか落ち着かない気持ちになった。

彼の手の熱は、レティシアの身体の中に消えない熱のようなものを残していったように感じられた。

レティシアはその熱を不思議に思いつつ観察した。

（どうして私はあのときのことをこんなに考えているのだろう？）

しかし、どんなに考えても答えを出すことはできなかった。

それはレティシアの人生では初めてのことだったし、領主の箱入り娘として大切に育てられた彼女には知らないことがたくさんあった。

わからない。

でも、知りたい。

レティシアはもう一度彼と手を繋《つな》いでみよう、と思った。

そうすれば何かわかることがあるかもしれない。

しかし、簡単なことではなかった。

お嬢様であるレティシアと、粗雑な男の子たちの中心だった彼の間に、元々関わりは少なかった。

今までの距離と日常を変更して、近づくのは何か良くないことであるような感覚があった。

何より、誰かに見られるのはどうにも気恥ずかしい。

だけど、チャンスはある日唐突に訪れた。

夕暮れの私塾。忘れ物を取りに戻ったレティシアは、自習室で彼が机に突っ伏して寝ているのに気づいた。

周囲には誰もいなかった。レティシアは念のため、部屋の周囲を入念に点検した。

ロッカーを開けてかくれんぼしている男の子がいないことを確認し、窓を開けてのぞき見る可能性がある誰かがいないことを確認した。

レティシアは彼と二人きりだった。

赤みを帯びた日差しが射し込んでいた。

世界から他の人が消えたみたいに感じられた。

レティシアは机に突っ伏す彼を見ていた。

赤髪が橙色の日だまりに包まれていた。背中が規則正しく動いていた。

口の中が乾いている。身体が汗ばんでいるのを感じる。緊張している自分がいる。

いけないことをしている感覚があった。

やってはいけないことだと思った。

だけど、レティシアはそっと彼の手に触れた。

どれくらいの間手を繋いでいたのかはわからない。

長かったような気がするし、短かったような気がする。

彼の手はあたたかかったと思う。

他のことは何も覚えていない。

気づいたときレティシアは、熱いものを触ったみたいに慌てて手を離し、ぎこちない動きで外へと駆け出していた。

じっとしているなんてとてもできなかった。

心臓が飛び出しそうだった。

私塾が見えなくなるところまで走って、膝に手を突いた。

荒い呼吸を整えた。小さな白い花が風に揺れていた。

なんだか不思議なくらいに綺麗に見えた。


もしかしたら、それは恋と呼ばれる類いのものだったのかもしれない。

レティシアはそういう感情があることを知識として知っていた。

早熟だったレティシアは、それが単なる気の迷いではなく、自分が恋というものの入り口にいることを感覚的に自覚しつつあった。

しかし、どうしていいかわからなかった。

その出来事があった後、レティシアは今までと同じように過ごしていた。

いけないことをしたという感覚があったし、思いを知られてはいけないと思っていた。

あるいは、怖かったのかもしれない。

拒絶されたらどうしようという畏れがあったのかもしれない。

そのままの関係で時間が過ぎていれば、レティシアは何らかの決断をしていただろう。

思いを伝えるのか、秘めたままそのままの関係を維持しようとするか。

しかし、結果はそのどちらにもならなかった。

大きな出来事によって、レティシアの生活は一変することになった。

《先生》は遠くの世界に旅立ち、私塾は解散した。

引きちぎられたみたいに、その場所は唐突に失われた。

レティシアは復讐に人生のすべてを捧げた。

淡い感覚は、激しい怒りと共に遠ざかっていった。

もしかしたら、初恋だったのかもしれない。

悲劇が起きずあのままの日々が続いていたら、私は彼と付き合って今頃お嫁さんみたいなことになっていたのかもしれない。

（いや、それはないか）

貴族家に生まれたレティシアの宿命として、結婚相手には相応の家柄が求められる。

少なくとも、両親と親戚はそれを望んでいる。

平民で孤児院育ちの男の子なんて、聞いただけでお祖母様は気絶してしまうだろう。

あの恋は、決して許されないものだった。

実らなくて、それでよかったのだ
（彼は今、何をしているのだろう？）

できるなら大人になった彼と話してみたかった。

幸運な偶然で再会して、あの頃のことについて言葉を交わしたい。

しかし、そんな都合の良いことが起きるわけないのが現実だ。

彼は自分のことを覚えていないかもしれないし、そもそもあの日のことだって、特に意味はなかったのかもしれない。

（それでもいい。これは私にとっては大切な記憶だから）

あり得なかった選択。

生まれかけていた小さな恋の残滓。

復讐に命を捧げた愚かな女にはこれだけで十分すぎるくらい。

（これは私が今まで経験した中で最も危険な仕事になる）

一歩間違えばすべてを失うだろう。

生きて帰れないかもしれない。

代償はあまりに大きいかもしれない。

それでも、自分が危険を冒さなければ、無鉄砲な後輩はさらにもっと危ない状況に踏み込むことになる。

（これは私が絶対にしないといけないことだ）

レティシアは王国貴族社会の最上部に位置する御三家——アルバーン家とエニアグラム家に潜入することを決める。


アルバーン家は軍略に秀でた名家として知られている。

戦乱のたびに王国のために戦い、優秀な指揮官を輩出して家格を上げた。

その出身者は王の盾《キングズガード》と王立騎士団、そして王国議会にも多く名を連ねている。

現当主はグラハム・アルバーン。

王国議会で最も大きな力を持つ一人として知られる王政派の傑物だ。

一族の結束は固く、つながりは深い。一方で、家名を優先する風土に反発して絶縁し、在野で活躍する者も多いのがこの家の特徴だった。

王国西部で最も腕の立つ冒険者として知られるレイヴン・アルバーンもこの家の出身者という噂

がある。

王国の中枢を固めながら、貴族社会とまったく違う世界に自分の道を見つける者も多いのは、それだけ家名に縛られる部分が大きいからだろう。

レティシアは王宮魔術師として、アルバーン家の出身者と何度も関わっている。そのたびに感じるのは、厳格で妥協のない教育と風土だ。

彼らは一挙手一投足を訓練されている。その振る舞いのほとんどは徹底した反復によって身体に刻み込まれている。

独創性や想像力の入り込む余地はほとんどない。

彼らは皆姿勢が良く、鍛えられた肉体を持ち、貴族の模範として自然と人に慕われる言葉選びをする。

ルークがヴァルトシュタイン家で受けてきた厳しい教育は、アルバーン家のそれをイメージして行われたのだろうとレティシアは推測していた。

魔法に秀でた名家として知られるヴァルトシュタイン家は、伝統と貴族としての振る舞いにおいてはアルバーン家に先を行かれていた。

ライバルであるアルバーン家の良い部分を取り入れることで、自らの息子を誰よりも優れた作品として作り上げようとしたのだろう。

試みは結果的にはうまくいった。

ルーク・ヴァルトシュタインは王国史上でも類を見ない優秀な若手貴族として、誰もが認める存在になっている。

(次期当主が目覚ましい活躍を見せるヴァルトシュタイン家への危機感が、アルバーン家を裏切りに駆り立てた可能性がある)

レティシアはそう考えていたが、ルークの見立ては少し違うように感じられた。

『ヴァルトシュタイン家次期当主としてアルバーン家とエニアグラム家のことはよく知っている。つながりがないわけがない』

ルークの言葉には最初から、両家が王国を脅かす何者かとのつながりを持っている確信があったように感じられた。

御三家の人間として育ってきた彼が見てきたアルバーン家の実像は、外から見えるそれとは違うのだろう。

価値があると判断すれば、王国に仇《あだ》なす者とも関わりを持ち、いざというときのためのリスクヘッジをする。

そういう強《したた》かさがアルバーン家にはあるのかもしれない。

それはおそらく、エニアグラム家も同様なのだろう。

政略に優れた名家であるエニアグラム家は、計略においては右に出る者がいない。

巧みに風向きを読み、未来の勝者に恩を売り、力を貸す。対立する勢力の両方を陰で支援していることも珍しくない。

一方で、敗者に加担した責任を追及された場合を想定して、常に切るべき部分を準備していた。トカゲが尻尾を切って逃げるように、家名に傷がつかない者を矢面に立たせ、責任を取らせた。

もちろんこういった事実は一般には知られていない。

エニアグラム家は最も失態が少なく、状況を見極める眼力を備えた名門貴族家として知られている。

(光が強いほど影は深さを増す。綺麗に見えるものほどその裏に汚れを内包している)

それは王国貴族社会の裏側を誰よりも知るレティシアの経験則だった。

御三家の人間として育ったルークは、その現実を身にしみて知っているのだろう。

(問題は御三家が、どの程度本腰を入れて組織と関わりを持っているのか。そして、何より重要なのは組織の情報を手に入れること)

アルバーン家とエニアグラム家への潜入調査は簡単なことではなかった。

敷地内には厳重な魔法結界が張られていたし、練度の高い私兵が縄張りを見張る狼のように周囲を見回していた。

しかし、王国貴族邸宅の警備態勢について、レティシアほど詳しい人間は他にいない。

変身薬で姿を変え、関係者に成り代わって情報を収集する。

私室の隠し書庫に隠されたメモの内容を手帳に記録する。

【教団】という単語が二十九回。【竜の教団】という単語が八回使われている。

敵組織の呼称である可能性が高いとレティシアは推測する。

その名前はレティシアに、帝国領《封印都市》で起きた《古竜種》騒ぎのことを思いださせる。

あの地に封印されていた不気味な存在に何か関わりがある組織なのかもしれない。

潜入調査の結果わかったのは、アルバーン家とエニアグラム家が想像していたよりずっと積極的に、組織と関わっているということだった。

(どうしてこんなに巨額の資金を……)

準備されている膨大な金貨の量に、レティシアは言葉を失った。

詳しい事情はわからないが、アルバーン家とエニアグラム家は過去に例がない規模の資金提供を組織――おそらくは【竜の教団】と呼ばれる何か――に対して行おうとしている。

(いったいどうして……何か致命的な弱みを握られている？　あるいは、それを対価として組織を通してしか手に入れることができない何かを手に入れようとしているのか)

そして、最後に思い至ったのは最も考えたくない展開だった。

(【教団】が王室を攻撃し追い落とした際、この国の支配権を手に入れようとしている)

あり得ない話ではないと思った。

積極的に組織に協力し、この規模の資金提供をしていることを考えると筋が通る。通ってしまう。

(ヴィルヘルム伯の一件以来、王室は免税特権廃止に向けて本格的に動き出している。恩恵を受け

ている貴族たちの中には裏切りと捉える人もいるとは聞いていたけど)

アルバーン家とエニアグラム家がそのような結論に至っている可能性を、否定することはできなかった。

先祖から受け継いだ名誉と誇り。

免税特権を廃止することは、彼らにとって得られる収益を失う以上の何かがあるのだろう。

あるいは、それを大義名分にして既得権益を守ろうとしているだけなのかもしれない。

どちらがより現実に即しているのかはわからない。

人間は時に無自覚に嘘をつく。

美しく都合の良い嘘は自分をも騙す。

しかし、【教団】に多額の資金が流れるということは、彼らがさらに力を増すことを意味している。

(絶対に阻止しないと)

レティシアは取引についての情報を収集した。

準備されている莫大な量の金貨は、三日後の夜に受け渡しが行われる手はずになっているようだった。

場所は王都の第十九地区。治安が悪いこの地域の中心部にあるうち捨てられた廃墟の一角を、【教団】は拠点のひとつとして利用している様子だった。

しかし、どんなに調べてもそれ以上の情報は出てこない。
アルバーン家とエニアグラム家の関係者も、それ以上の情報は知らないのだろう。
【教団】はここでも極めて巧妙かつ慎重に行動している。
(今はこれが限界。ひとまず集めた情報を持ち帰って精査しましょう)
音を立てないよう細心の注意を払いつつ、邸宅を後にしようとしたそのときだった。
強烈な悪寒がレティシアを襲った。
迫る危険の匂い。
気のせいかもしれない。周囲には何の気配もない。
しかし、レティシアはためらいなく自分の直感に従った。
外へ続く小窓の鍵を開け、身体を折りたたんで押し込む。
レティシアの判断は正しかった。
自分を取り囲もうとしている何者かの気配。
隠蔽魔法。
数は最低でも三人。
おそらく、その二倍はいると考えておいた方がいいだろう。
対して、レティシアは自身が選択できる最短のルートで逃走を図った。
隠蔽魔法はこちらも起動している。

できるなら、他の魔法を使うのは避けたかった。

優秀な氷魔法の使い手であることが知られれば、王宮魔術師団に疑いの目が向く。二番隊隊長のクリスと三番隊副隊長のレティシアが警戒すべき人物として浮上する。

情報を渡すのは得策ではない。

敵がこちらにしているのと同じように、様々な選択肢を提示し続けなければ。

つまり、この戦闘の勝利条件は魔法を使わずに逃げ切ること。

二階の屋根から跳び、芝生の上に転がりながら衝撃を殺す。

自身が開けた魔法結界の穴に向け、花の香りが漂う庭園を走る。

しかし、レティシアを追う姿の見えない敵は、彼女が想定していた以上の手練《てだ》れだった。

ナイフによる一閃がレティシアをかすめる。

隠蔽魔法が機能しているにもかかわらず、敵はレティシアの位置を的確に把握している。

咄嗟に腕を取って肩の関節を外す。

自身の敵を討つために磨き上げた体術。

鍛えられ引き締まった肉体はレティシアがイメージした動きを寸分違わず形にする。

屈強な大男が絶叫する痛みを与える関節技。

しかし、肩を外された男は声ひとつ漏らさなかった。

短く小さい息を吐いただけだ。

瞬間、目の前で火花が散った。

額にするどい痛み。

宙に浮く身体。

背中を強打して、石畳の上を転がる。

そこでレティシアは自身の過ちを悟った。

魔法を使わずに接敵できる相手ではなかった。

手段を選ばず、どんな手を使ってもこの場から逃走することを選択しないといけなかった。

そのわずかな時間で、敵は既にレティシアに追いついている。

魔法を起動しても間に合わない。

（もしここで私が捕まったら——）

考えたくもない仮定だった。

貴族社会において絶大な影響力を持つ二つの家は、どんな手を使ってもレティシアとルークを消そうとするだろう。

無実の罪を着せられ、永遠に思える時間を牢獄の中で過ごすことになるかもしれない。

あるいは、その前に命を奪い取られ深い水面の底に沈められるかもしれない。

拷問され、自白剤を飲まされる状況を想定して、魔法による自害が頭をよぎったその瞬間だった。

取り囲んでいた敵の一人が弾き飛ばされて、もう一人を突き飛ばして転がる。

見えない敵の一人が攻撃したのだ。

（仲間割れ――？）

味方から攻撃されることはまったく想定していなかったのだろう。

包囲が崩れる。

何者かはレティシアの手を引いて、魔法結界の穴へと走り出す。

勝負を分けたのは一瞬の判断の遅れだった。

レティシアは裏切った何者かと共に小さな穴をくぐり抜け、結界に穴を開ける迷宮遺物を解除する。

魔法結界が追っ手の行方を阻む。

痕跡が残らないように回収して、夜の街を走る。

大きな手だった。

その感触をレティシアは知っている気がした。

追っ手を完全に撒《ま》いたことを確認してから、その何者かはレティシアの手を離して夜の街へ消えた。

後を追うことはできなかった。

大きな背中が闇に消える。

夜の中で一人、立ち尽くす。

（今のは――）

　吹き抜ける強い風がレティシアの頬を撫でた。


　翌日、レティシアは王宮魔術師団三番隊隊長執務室を訪れて言った。

「昨日のあれ、隊長ですか？」

　部屋は普段より少し散らかっていた。

　ガウェインは細かい作業を好まない。しかし、隊長就任時にマリウスから命を受けたレティシアが執務室を美しく保つことを厳命した結果、概ね綺麗と言って差し支えない執務室が維持されるようになっていた。

　わずかな変化をレティシアは記憶する。

「何のことだ？」

　ガウェインは怪訝な顔をした。

　特に違和感はない。

　顔を上げてすぐに持っていた新聞に視線を落とした。

「今は忙しい。後にしてくれ」

「何してるんです？」

「この国の未来を左右する重要な案件について考えている」

「重要な案件……？」

「具体的に言うと、週末の国王杯でどの馬に賭けるかを考えている」

レティシアは感情のない目でガウェインを見つめた。

それから、言った。

「それアーデンフェルドタイムズですよね」

「そうだが」

「アーデンフェルドタイムズに国王杯の記事は載りません。同紙は王室が公営ギャンブルを主催することに対し否定的なので」

「俺くらいになると、出馬表は頭の中に入っているのさ」

「昨日の夜、二十三時から二十四時の間何をしていましたか」

「ヘンリーと飲んでた。嘘だと思うなら確認してみてくれ。日付が変わるまで一緒にいたから」

「そうですね。たしかにヘンリーはそう話してました」

「だろう？　ここでは言えない話でつい盛り上がって――」

「お店に確認して、隊長とヘンリーが来ていないことを確認しました。そのことを伝えて追及すると、『隊長に飲んでいたことにするように言われた。本当は一人で週末の合コンに向けて筋トレをしていた』と自供しました」

「……最近腹が出てきたの気にしてたなあいつ」

「何をしていたのか話してください。正直に言わないと、今隊長に貸してる全額を利子付きで即刻返済させる訴えを起こします」

レティシアの言葉には、有無を言わさない鋭い響きがあった。

「わかった。話す。話すから」

ガウェインは言う。

「レティシアとルークが危ない橋を渡ろうとしているのに気づいたのは数日前だ。レティシアに怪しいそぶりはなかったが、ルークは俺が気づくだけの材料を残していた。おそらく、意図的に」

「そんなことを……」

「ルークは明らかに俺の力を借りたいと伝えてきていた。そういうのは嫌いじゃない。動向を探っていると、レティシアが危険な潜入捜査に踏み込んだ。敵の一人のふりをして忍び込み、不意を打って死角から奇襲をかけた」

ガウェインは頭をかいて言った。

「魔法を使わず、特定される痕跡をなるべく残さないように行動したかったんだろ。意図をくんで、一応狙っていた結果は出せたと思ったが」

「本当に、貴方は……」

ため息をつくレティシア。

身内に甘いのは相変わらず。

同時に、浮かんでいた気の迷いとしか思えない考えを思い返してこめかみをおさえる。

(あれがあの日の彼なんて、ありえるはずがないでしょうに)

恋愛に関するあれこれを視界に入れずに生きてきたからこそ、そういった現実的でない発想をしてしまうのだろう。

経験の浅さから来る理想主義的すぎる想像。

自分の頭の悪さに深く息を吐いたそのときだった。

執務室の扉が二度ノックされた。

不穏な何かを伴った響きだった。

入ってきたのは針金細工のように線が細い長身の男だった。

両脇に五人の兵士を従えている。

「突然お邪魔して申し訳ありません。私は高等法院の司法官を務めるクロウ・アーリングです」

司法官は身分証を提示して言う。

「王宮魔術師団三番隊副隊長レティシア・リゼッタストーンさんですね」

「そうですが」

「貴方にはヴィルヘルム伯の一件における違法捜査の嫌疑がかけられています。ご同行をお願いできるでしょうか」

小さく目を見開くレティシア。

「待て」

低い声で言ったのはガウェインだった。

「先の一件でレティシアに指示を出したのは俺だ。責任はすべて俺にある」

「隊長――」

「黙ってろ」

言葉には有無を言わさぬ響きがあった。

「承知しています。この件については、隊長として指揮権を持っていたガウェイン・スタークさんについても嫌疑がかけられている。つきましては、貴方にもご同行いただきたいと思っています。拘束期間は二週間の予定ですが、状況によってはもう少し長くなるかもしれません」

「誰に指示された？」

「何を言っているのかわかりませんね」

魔法の使用を封じる抗魔石の手錠が、ガウェインとレティシアにかけられる。

（昨夜の潜入の中で、特定されるような痕跡は残していないはず。何より、いくらなんでも動きが速すぎる。おそらく、前々から私と隊長の行動を封じるために動いていた）

拘束を振り切って逃走するという選択肢を考える。

しかし、正式な手順を踏んで司法官が行動している以上、下手な行動をすると王宮魔術師団全体が少なくない傷を負ってしまうことになる。

おそらく、それこそが裏で動いている者にとって最も理想的な展開だろう。

敵の狙いは、アーデンフェルド王国を崩す上で邪魔な存在である王宮魔術師団の力を削ぐこと。

隙を見せれば最悪の場合、王宮魔術師団が解体される可能性さえある。

（信じて託すしかない、か）

レティシアは思う。

（貴方なら気づく。見つけられるでしょ）

◇　◇　◇

「レティシアさんとガウェインさんが捕まった……？」

ルークの言葉に、私は立ち尽くした。

いつもあたたかい声をかけてくれて、平民出身であることなんてまったく気にすることなく接してくれたやさしい先輩。

逮捕されるなんて想像もしてなかったから、目の前が真っ暗になって言葉を失う。

「あくまで嫌疑の段階だし、大丈夫。あの人が証拠を残すとは思えない」

ルークは言う。

「証拠不十分で釈放されるよ。高等法院もそれはわかってる。無理筋だというのはわかった上で、それでも動かないわけにはいかなかった」

「どうして?」

「裏で誰かが糸を引いている。おそらく、御三家——アルバーン家とエニアグラム家だ」

「アルバーン家とエニアグラム家……」

私でも名前を聞いたことがある超大物貴族。

御三家と呼ばれる三公爵家が二つも敵に回っている。

敵の狙いは、レティシアさんとガウェインさんを拘束し、動きを封じること。

そして、王宮魔術師団に悪評を振りまき、牽制することにあるというのがルークの見立てだった。

数日後、開かれた査問会議。

この件に対する王国貴族たちからの叱責は苛烈を極めた。

『ここまで無能揃いだとは思わなかった』

『平和になった今の時代に王宮魔術師団は規模を縮小するべきなのではないか』

『この国の負債になっていることを理解してほしい』

攻撃の中心にいるのは、財務大臣を務めるフーリエ・エニアグラム。

宰相を務めるグラハム・アルバーンが見つめる中、子飼いの貴族達も厳しい追及を続けている。

その矛先は新設された七番隊にも向けられた。

私とルークも呼びだされ、弾劾を受けた。

『必要だとは到底思えない』

『隊長と副隊長があまりに若すぎる』

『平民女の指示を聞かないといけない者たちの気持ちも考えたまえ。彼らがどれだけ苦い思いをしているか』

(苦い思いをしてるのは今の私なんですけど)

言い返したい気持ちをぐっと飲み込んだ。

彼らの狙いは私への挑発だったから。

怒りを引き出し、不用意な発言の揚げ足を取って追い落とそうとしている。

(今は我慢するところ。彼らが間違っていることは結果で証明すれば良い)

貴族達の舌鋒は、王宮魔術師団の存続を問うところまでエスカレートした。

『王立騎士団と王の盾《キングズガード》もある。王宮魔術師団は解散を検討するべきなのではないか』

『血税を無駄にしている。恥を知って欲しい』

『君たちはこの国の足を引っ張っている。王宮魔術師団はこの国に必要ない』

彼らの言葉には、強い悪意と敵意が込められているように感じられた。

自分たちの目的を実現するために、王宮魔術師団の力を削ごうとしている。

そういう意図が背後に見える気がした。

(何かがある。多分、ルークが追いかけていることと関連する何かが)

査問会議の後、七番隊の隊長執務室で私はルークに言った。

「どうするの?」

「何の話?」

「ずっと準備してたんでしょ。連中が、ここまで強硬な手段をとらずにはいられないくらい恐れている何か。状況を一変させる一手」

「どうしてそう思うの?」

「長い付き合いだから、それくらいわかるよ」

私はルークを見つめる。

「気づいてないと思ってた?」

「ノエルなら気づくだろうなと思ってた」

「だったら最初から言えっての」

ルークの肩を軽くパンチしてから、私は言う。

「話して、あんたの作戦。私も協力する」

「助かるよ。ここからはノエルにも力を借りたいと思ってたから」

ルークは七番隊が発足する前から何を追っていたのかと、その結果わかっていることを説明してくれた。

「《薄霧の森》でのゴブリンエンペラーと西部地域を襲ったドラゴンさんの事件。《封印都市》での

《古竜》の復活。そして、ヴィルヘルム伯の事件まで裏で糸を引いている何者かがいるなんて……」

「事実だよ。彼らは王国の中枢まで深く入り込み、アルバーン家とエニアグラム家とも関わりを持っている」

「そんなところまで……」

簡単には信じられない話だったけど、腑に落ちる部分もあった。

「それで、貴族達はあんなに王宮魔術師団を攻撃してたんだ」

「王の盾《キングズガード》と王立騎士団に比べて、王宮魔術師団は個人の持つ裁量が大きい。各隊長と副隊長が大きな権限を持っているし、下位の魔術師たちにも多くの裁量権を与えようという風土がある」

「他の組織は違うの？」

「組織全体が集団で仕事をこなすためにより最適化されている。上下関係が強く、下位の構成員に主体性は求められていない。だからこそ、貴族たちからすると動きを封じやすい。警戒すべき数人さえ抑えれば、それで組織全体の動きを封じ込めることができるから」

「動きを止めづらい王宮魔術師団は邪魔な存在なんだ」

「そういうこと」

ルークは窓の外を一瞥して言う。

「元々苦々しく思ってたんだろうね。免税特権廃止問題によって、王室との対立が生まれたことで今まで以上に邪魔な存在になった。隙を見つけて解体しようと狙っている」

「なにその自分勝手な考え」

何より私が許せなかったのは、一生懸命仕事をこなしてきた先輩達を私欲のために追い落とそうとしていることだった。

不正の追及も、悪い組織と関わりを持っている貴族への対処も、この国をより良い国にするために必要なことで。

みんな自分の仕事をこなしているだけなのに。

欲に振り回されて悪いことをしなければいいだけなのに。

どうして懸命に働いている先輩達が、苦しい思いをしないといけないのか。

(悪いことしてるのを暴いて、思いきりぶっ飛ばしてやる)

決意する私に、ルークは言った。

「レティシアさんは自分に何かがあったときのために、執務室の書棚に調査記録を隠してた」

「でも、レティシアさんの執務室って高等法院の査察官が逮捕の直後に踏み込んだんじゃ」

「そうだね。細かい備品まで全部持ち去られてる」

「じゃあ、調査記録は――」

「既に持ち去られてるよ」

ルークは淡々とした口調で続ける。

「ほんの数分、彼らに先んじた僕によってね」

「ほんと抜け目ないね、あんた」

「今回は大分ギリギリだったけどね。クリス隊長が時間を稼いでくれなかったら危なかった」

「クリス隊長が助けてくれたの？」

「あの人はレティシアさんとガウェインさんと学院時代からの付き合いらしいから」

どうやら、二人が窮地にあるのを知って手を貸してくれたらしい。

「レティシアさんはさすがだよ。【竜の教団】と呼ばれる組織の情報。そして、アルバーン家とエニアグラム家にとっては致命的になり得る情報をつかんでいた」

ルークは懐から手帳を取り出して言った。

「二日後の夜。王都の第十九地区中心部にある廃墟の一角。アルバーン家とエニアグラム家から、裏で糸を引いている【教団】への莫大な量の金貨の受け渡しが行われる」

「二つの家が合同で行うの？」

「裏切りを警戒してのことだと思う」

「なるほど。先に取引を行ったところで密告されたら困ったことになるもんね」

「僕らにとっては好都合だ。もっとも、警戒態勢はその分通常よりはるかに厳重だと考えられる」

「踏み込んで証拠を押さえるのも簡単じゃない、か」

「アルバーン家とエニアグラム家からすると、致命的な傷を負うことになるからね。万にひとつも間違いがないように万全の準備をしてるはずだ」

「こちらも最高の準備をして臨まないと」

しかし、意見が対立したのは、現場に踏み込むメンバーの選定をしているときのことだった。

「七番隊だけじゃ力不足だよ。他の隊の先輩に力を借りた方が良い」

「ダメだ。敵は王宮の中にかなり奥深くまで入り込んでいる。間違いなく監視がついてると考えた方が良い。少しでも違和感があれば、連中は取引をやめる。彼らを追っていた僕にはわかる。そこまで慎重だったからこそ、僕とレティシアさん、そしてミカエル殿下の調査網をかいくぐり、今もなお闇に潜んでいる」

「だとしても新人さんには荷が重すぎる。明らかに経験が足りてない」

「取引の証拠と敵に繋がる情報。それだけ持ち帰れれば十分だ。戦闘自体必要ない。むしろ避けるべきだと僕は考えてる」

「それでも、接敵したときのために安全を確保するのが隊長の仕事でしょ。戦ったら命を失うかもしれない場所に部下を送ろうとしてる。その意味をちゃんと理解してる？」

「理解してる。だけど、それが僕らの仕事だ」

「その台詞《せりふ》、家族を亡くした部下のご遺族に言えるの」

私はルークを睨む。

ルークは目をそらさなかった。

「このチャンスを逃せば、ずっとたくさんの罪のない人が傷つき損なわれることになる」

一対の瞳が真っ直ぐに私を見ていた。

「安全確保の必要性はわかってるよ。僕だって部下を危険にさらしたくない。こんな危険な場所に君を送りたくない。できるなら、僕一人で踏み込みたいって思ってる」

ルークは顔を俯《うつむ》ける。

「その選択肢をずっと考えてたんだ。でも、どう考えても無理だった。君の力が必要だった」

「それはダメだよ。絶対ダメ」

私は慌てて言う。

長い付き合いの私は、ルークが本当にその選択肢を考えたことがわかってしまう。

人に頼ることが苦手で、放っておくと黙って一人で危険を背負い込むのがルークという人なのだ。

それだけは絶対に止めないといけない。

「私は協力するから。任せて」

「でも、二人では君の安全を保証できない」

「それはルークも一緒でしょ。大丈夫、私生命力強いし」

「ダメなんだよ」

「信頼してよ。私なら多少雑に扱っても文句を言う人もいない。ここで取引を暴かないともっとたくさんの人が傷つくなら、そのために命を懸けられる。私もルークと同じでそういう覚悟で戦えるから」

「違うよ。君と僕の覚悟は違う」

「同じだよ。ルークが危険なところに飛び込むなら、私も隣で一緒に戦う。それが相棒《バディ》ってことなわけで――」

「君は何もわかってない」

ルークは強い口調で言った。

有無を言わさない響きが、私の神経を逆なでした。

「何がわかってないって言うのさ」

思うより先に言葉が出ている。

「大体あんた、自分の命を軽く見過ぎなんだって！　少し目を離したら一人で無理して、背負い込んで。もっと自分のことを大事にしてよ。出世なんてたいしたことじゃない。あんたの命の方がずっと大事なんだから。あんたがいなくなったら悲しむ人がいることも理解して――」

「だから何もわかってないって言ってるんだよ」

ルークの言葉には強い怒りの色があった。

声はかすかにふるえていた。

「出世なんてどうでもいい。僕は君のことが大切なんだ。君がいれば他に何もいらない。君のためなら命だって懸けられる。身勝手で自分勝手な考えなのはわかってる。それでも、これ以外の生き方はできない。僕には何もないから。君より大切なものが何ひとつないから」

「何を言って……」

「なのに、君は自分のことを全然大事にしない。自分なんてたいしたことないって深いところで思ってる。わかってよ。君を絶対に失いたくないって思ってる人がいるんだ。君がいれば他に何もいらないって人がいるんだ」

ルークは言う。

「僕はどんな手を使っても君を守る。作戦は七番隊で行う」

有無を言わさぬ口調だった。

ルークが部屋を出ていく。

私と音のない静かな部屋が残った。

第4章　守りたいもの

ルークはいったいどうしてあんなことを言ったのだろう。
私はその日、ルークが言った言葉を何度も繰り返し反芻《はんすう》することになった。
ルークは私のことが大切だと言った。
他に何もいらないと。
命だって懸けられると。
自分には何もない。
私より大切なものが何ひとつないと。
それは私にとっては予想も想像もしていない言葉だった。
冗談だって言われた方が納得しやすいくらいで。
だけど、本気の言葉にしかない切迫感のようなものがそこにはあったような気がした。
そんなことを言われたのは初めてで。
その熱を持った言葉は、私の奥にある何かを激しく揺さぶっていた。

私がいれば他に何もいらないと言ってくれる人がいる。

その事実が、私を落ち着かない気持ちにさせる。

（いけない。今は七番隊のみんなの安全を確保できるよう、仕事に集中しないと）

幸い、自分の身を守るための訓練は七番隊が発足してから最優先で行っていた。

新人さんたちは王宮魔術師として必要最低限、自分の安全を確保する術を身につけていた。

（とはいえ、戦力として計算するにはまだまだ心許ないけど）

ルークは取引については誰にも伝えないようにと私に言っていた。

『知る人が少なければ少ないほど情報は外に漏れづらくなる』

『七番隊のみんなには伝えないと』

『作戦開始直前に伝える。でないと、取引に向けて準備していることに敵が気づく可能性が高い』

『でも、危険な任務なんだから心の準備はさせてあげなきゃ』

『最も危険な部分は僕が引き受ける。そもそも、今回の目的は【竜の教団】の情報を持ち帰り、取引の証拠を押さえることだ。戦闘にはならない』

みんなの安全を最優先に確保したい私からすると、ルークの言葉には納得できない部分もあったけれど、現実的な判断として折り合いをつける必要があることもわかっていた。

偏執的なまでに慎重でまったく表に出てこない相手。

その詳細に関する情報を入手することは誰もできていない。

リスクを負わずに実現できることではないのは明らか。

それでも、ミーシャ先輩には伝えるべきだと思ったから、ルークにしつこく言って話す許可をもらった。

「レティシア先輩が残した取引の情報ね。教えてくれてありがと。テンション上がってきたわ」

ミーシャ先輩は拳を打ち合わせて言う。

「私も入団してからずっと三番隊にお世話になってたからさ。レティシア先輩とガウェイン隊長が投獄されたことにはいろいろと思うところがあるんだよね。しかも、それを理由に『王宮魔術師団は不正の温床だ』とか『使えないヤツばかりだから削減すべき』とか好き放題言われてるし。不正の温床で救いようがないのはあんたたちでしょうが」

熱を帯びた口調で続けた。

「御三家の裏切りと敵組織の正体を暴いて、王宮魔術師団が優秀だってことを連中にわからせてやろう。こっちは日々必死に戦ってんだ。なめんなって」

取引に潜入するための準備は、秘密裏に行われた。

ルークは七番隊が発足した頃から、こういうことがあるのを想定して準備していたみたいだった。

王都から少し離れた《薄霧の森》への遠征任務が承認され、馬車が手配された。

新人さんの初実戦を兼ねての簡単な魔物退治と、ゴブリンエンペラー討伐後の魔物たちの調査。

この任務を隠れ蓑にして、新人さんたちへの個人練習の時間を増やし、必要な準備を整えることができた。

　迎えた取引当日。

　私たちは、あらかじめ提出したスケジュール通り王都を出発し、霧が立ちこめた森の中に入った。

監視がついていて、私たちが森に入るのを遠くから見ていた。

　何か怪しい動きがあれば、即座に取引を中止するつもりだったのだろう。

　深い霧の立ちこめる森の中に、ルークは別の馬車を隠していた。

　月に一度、《薄霧の森》近くを通って、王都に商いに来る商家の馬車だ。

　ルークは手を回し、今月の取引を中止して馬車を貸してもらえるように交渉していた。

　馬車の中にはいくつかの魔法武器と変身薬が用意されていた。

　ルークが用意した八人の使用人さんが、変身薬を使って私たちのふりをしてくれる。

　必要な準備を整えながら、私は新人さんたちに今日行う本当の仕事について話した。

「そんな重大な任務なんて……」

　新人さんたちの動揺は大きかった。

　無理もない。

　安全な後方支援だからと伝えても、恐怖が拭えない様子だった。

「やれやれ、使えない人ばかりですね。任せてください。優秀なあたしが他の人の分も力になるんで」

最初は自信満々で言っていたイリスちゃんも、時が経つにつれて怖さが増してきた様子。

「ちょ、ちょっとだけ風に当たってきます」

と遠くの方で木に背中を預けて、何度も繰り返し深呼吸していた。

「先輩は無茶を言ってることを理解してますか。こんな重要な任務、入ったばかりの新人には荷が重すぎる。取り返しのつかないことになるかもしれない。いや、ならない方がおかしいです」

マイルズくんは私の近くに来て、小声で言った。

「わかってる。でも、他に選択肢がないの。みんなのことは私が絶対に守るから。信じて。力を貸して」

マイルズくんはじっと私を見つめた。

真意を測るように、心の中を見通そうとするように。

それから言った。

「わかりました。やるだけのことはやります」

変身薬を飲んで商人さんに姿を変えた私たちは、監視の目を欺《あざむ》いて王都に入った。

最初に向かったのはアルバーン家の邸宅だった。

ルークはあらかじめ、何点かの備品を納入する取引を用意していた。

「運び込みますので少々お時間をいただけますか」

商人に化けた状態で言うマイルズくん。

丁寧な口調を新鮮に感じつつ見つめる。

魔道具師ギルドでも最初は真面目に働いていたというのは、本当だったんだと実感した。

「さすが元優等生」

「演技やめますよ」

「私はそっちの君の方が好きだよ」

「俺は嫌いです」

苦虫を噛んだような顔で言うマイルズくん。

しかし、丁寧な口調の演技をやめるつもりはないらしい。

（ここは任せて大丈夫だね）

私は、荷台に隠れていた七番隊のみんなと共にアルバーン家に潜入する。

「まずは取引の証拠となる資料を盗みだす」

ルークの言葉にうなずきを返す。

「了解。みんなやるよ」

私たちは変身薬で、今はここにいないアルバーン家の人に姿を変えていた。

隠蔽魔法を活用しつつ、警備の目を欺いて屋敷の中へ。

「なんだかわくわくするね、これ」

小声で言うミーシャ先輩。

レティシアさんの残した調査情報を元に、証拠となる資料を回収していく。

「先輩、先輩」

つんつんと私の肩をつつくイリスちゃん。

「ん？　なに？」

「この資料とかどうですか？」

「おお、探してたやつ！　よく見つけたね」

「当然です。私は先輩を超える魔法使いになる女なので」

「うん、期待してるよ。一生懸命探してくれてありがと」

「し、仕事なので別に普通ですし」

ぷいっとそっぽを向いて証拠探しに戻るイリスちゃん。

「先輩らしくなってるじゃん」

ルークの言葉に、小声で返す。

「でしょでしょ。もっと私を称《たた》えたまえ」

「助かってるよ、頼れる副隊長さん」

軽口をかわしつつ、十分な量の証拠資料を回収。

「さて、ここからは僕の仕事だね」

「どうするの？」

「取引と交渉」

商人に化けたルークは一通の手紙を使用人さんに渡す。

「これをご当主様にお渡しいただけますか」

「わかりました。お渡しいたします」

賢い猫のように一礼する使用人さん。

待つこと十分ほど。

息を切らし、ひどく慌てた様子で使用人さんが戻ってきた。

「旦那様が今すぐお話ししたいと仰っておりまして」

使用人さんの言葉に、小さく笑みを浮かべてルークは言う。

「少しお話ししてくるよ。待ってて」

◇◇◇

アルバーン家当主グラハム・アルバーンの私室には、質の良い調度品が並んでいた。

丁寧に作られてはいるが、華美ではない。

機能的なデザインの魔術照明。

本棚に並ぶ本は訓練されたみたいに美しく整列している。

使用人に連れられて入室した男を、グラハムは表情を変えずに一瞥した。

三十歳くらいの商人だった。

したたかで頭は回るがどこかさえない印象の彼の瞳は、不思議な質感を伴っているように見えた。

まるで別の誰かが中に入っているかのように。

「いったい誰だ」

「何のことでしょうか」

「変身薬を使っているだろう」

「さすがですね」

男は懐から美しい装飾が彫られた金時計を取り出して言う。

「王宮魔術師団七番隊隊長ルーク・ヴァルトシュタインです」

「久しいな。ヴァルトシュタイン家の次期当主」

「ご無沙汰しております」

ルークは丁寧に一礼してから言う。

「ご当主の立場は大変ですね。発情期の獣のように欲望に振り回されている、一族の人間すべてに首輪をつけるのは優秀な貴方でも難しい」

「何が言いたい」

「心から気の毒に思っているんです。実直で誠実な貴方が、欲深く計算高い身内のせいで非常に危うい立場に置かれている。あるいは、彼らはそれさえも計算していたのかもしれない。貴方がいなくなった方が自分たちの貰いが良くなるかもしれない、と」

「当主というのはそういうものだ。君もよく知っていると思うが」

「王国の財務状況を名目に、王宮魔術師団を攻撃したのはエニアグラム家の計画ですか」

「最初はそうだった」

「今は違う？」

「おそらく、主導権は彼らに移っている」

「彼ら？」

「彼らは自分たちのことを【竜の教団】と呼称している」

ルークは唇を引き結ぶ。

「エニアグラム家は傀儡《かいらい》と化していると？」

「私の見立てではそうだ」

「なかなか一筋縄ではいかない相手のようですね」

ルークは深く息を吐いて言う。

「【竜の教団】は、この国を掌握するために王宮魔術師団の力を削ぎたいと考えている。そして、そのために王国貴族社会で強い影響力を持つ、アルバーン家とエニアグラム家に近づき利用した。この認識で間違いないですか」

「私の認識ではそうだ」

「協力してください」

「協力？」

怪訝な顔をするグラハムにルークは言う。

「今回、貴方たちが行ったのは王国への背信行為です。このことが明るみに出れば、王国貴族社会でアルバーン家の地位は失墜する。しかし、僕は貴方たちを追及しません。協力していただけるなら、味方として手厚く迎えます」

誘うように両手を広げて続ける。

「アルバーン家は王宮魔術師団七番隊に協力し、正体不明の組織を探るため、間者として取引を行っていた。すべては裏切りではなく、王国のための行いだった」

「そんなことをして君にどんなメリットがある？」

「アルバーン家の弱みを握り、大きな貸しを作ることができる。加えて【竜の教団】を罠にはめ、陰に潜む彼らの情報をつかむことができれば、僕にとっても非常に価値のある成果になる」

「史上最年少の聖宝級《メイガス》魔術師の地位も手中に収められる、と」

「そういうことです」

「君が裏切らないという保証は？」

「裏切りませんよ。その方がメリットが大きいですから。それに、貴方はこの話に乗るしかない状況にあると思いますが」

　グラハムは三十秒ほど黙り込んでいた。

　重たい沈黙が流れた。

　部屋の空気はやけに冷たく感じられた。

「わかった。君に協力する」

　グラハムは言った。

　それから、窓の外を一瞥して続けた。

「エニアグラム家にも同じ取引を持ちかけるのだろう？」

「そのつもりです」

「彼らは乗ってくるだろうな」

　ルークの形の良い口元が弧を描いた。

「ええ。間違いなく」

◇　◇　◇

　エニアグラム家への潜入と交渉は、アルバーン家に行ったのと同じ手順で行われた。
　ルークは事前に入念な下準備をしていたし、予想外の事態にも対処できるだけの選択肢を用意していた。

アルバーン家とエニアグラム家は、七番隊の協力者となり、間者として【竜の教団】と取引をすることになった。

「いつもながら、こういうのほんとうまいよね、あんた」

「あの人達がどういう人間なのか、よく知ってるからね」

こともなげに言うルーク。

用意されていた大量の金貨は、ルークが馬車の荷台に準備していた偽の金貨に入れ替えられた。

銅を特殊な魔術塗料でコーティングしてあるその偽装金貨は、空気にさらされて七十二時間が経つと塗料が揮発し始め、九十時間後には銅の金属片しか残らない。

さらに取り付けてある追跡用魔道具の位置を追うことで、隠れ潜んでいる敵の拠点と動きについて知ることができるというのがルークの計画だった。

取引に参加するのは、元々予定されていたアルバーン家とエニアグラム家の関係者と護衛の人たち。

十五人の中に、変身薬で姿を変えた私たち七番隊の十一人が潜んでいる。

「何よりも優先すべきは戦闘自体を避けることだ」

出発前にルークは言った。

「レティシアさんの残したノートには、極めて高い戦闘力と魔法技術を持った者たちと接敵したことが書かれていた。三番隊副隊長であるレティシアさんが逃げに徹して、それでも単独では逃げ切ることはできなかった、と。該当するような人間はアルバーン家にもエニアグラム家にもいない。つまり、【竜の教団】の人間が屋敷内に入り込んでいたのだと推測できる。加えてレティシアさんは彼らが、自分を殺さないように注意を払っていたのではないか、と書いている」

「生け捕りにしたかったってこと？」

「おそらく。拷問か自白剤で情報を聞き出すことが狙いだったのだと思う。そして、それは第三者の邪魔が入らなければ実現していた」

「レティシアさんに対して、それができる相手……」

「多分、僕らが今まで経験してきた中で最も危険な任務になる」

ルークは言う。

「危ない状況になったら、何よりもまず自分のことを優先して。いいね」

できたばかりの七番隊。

犠牲が出てもおかしくない不釣り合いな難易度の任務。

(不可能なことを考えているのかもしれない)

私は感覚的にそう感じている。

しかし、迷いはなかった。

わがままで欲張りな私には秘めた決意がある。

思いだされたのは、王宮魔術師団に入って最初の仕事だった《緋薔薇の舞踏会》のこと。

ガウェインさんが言っていた言葉。

『警護の対象は舞踏会に出席した人たちだけじゃない。彼らを大切に思い、帰りを待っている人たちの気持ちもそこに乗っている』

かっこいいと思った素敵な先輩。

私の帰りをお母さんが待ってくれているみたいに、みんなにも大切に思ってくれている人がいるから。

(絶対に七番隊全員を無事に生きて帰らせる)

私は密かにそう決意している。


取引の現場は、王都の第十九地区にあるうち捨てられた廃墟の一角だった。

塗装が剝がれた壁には亀裂が走り、割れた花瓶と照明の破片が転がっている。

月のない夜だった。

周囲に光源となるものはなく、すべてが闇に閉ざされている。

アルバーン家とエニアグラム家の人たちは、魔道具の手持ち照明を用意していた。

馬車の荷台にも魔術照明がつけられ、白い光を放っている。

しかし、それらの光はどこか心許なく感じられた。

強い風を前にしたロウソクの火みたいに見えた。

ルークは身を隠しやすい場所をリストアップしていた。

「で、実際はどこに隠れるの？」

「どこにも隠れない」

「え？」

「そういうところは相手も警戒してる。安全に見える場所が最も危うい。なら、その逆をつく」

「逆？」

「最も危険な場所が一番可能性が高い」

私は一瞬何を言うべきか迷った。

私と新人さんを敵の警戒が弱まる少し離れた場所に配置しながら、自分は一番危険な奥深くに入り込もうとしている。

一見いつも通りに見える自分を省みない無茶なやり方。

だけど、今回はそれが最善なのだとわかってしまった。

安全なところなんてどこにもなくて。

七番隊隊長として、部下の安全を確保しながらこの作戦を成功させるために、考えられる中で一番可能性が高い選択をしようとしている。

「私には自分のことを優先しろって言っておいて……」

唇を噛む。

一緒に行く、と言いたかった。

その方が絶対安全だから、と。

だけど、私には新人さんたちを守るという仕事がある。

隣に行くことはできない。

信頼して任せるしかない。

「生きて帰ってこないと絶対に許さないからね」

ルークは少し意外そうに目を見開いた。

それから、やさしく目を細めた。

寝息をたてる猫を見つめるかのような穏やかな目だった。

「今回の任務が成功して、王国を狙う何者かの情報を入手することができれば、間違いなく七番隊の評価は上がる。君の評価も、そして僕の評価も」

「出世に興味はないんじゃなかったの」

「ないよ。でも、僕は聖宝級魔術師《メイガス》に昇格することになると思う」

ルークは言った。

「もし聖宝級魔術師《メイガス》になったら、君に話したいことがあるんだ。ずっと伝えたいことがあった。だけど、話すのは許されないことだったんだ。でも、やっと伝えられる」

予感がした。

ルークは何か大切なことを伝えようとしている。

多分、聞いてしまったら何かが変わってしまう。

今まで通りではいられなくなってしまう。

きっとそういう類いのことを。

少しだけ怖くて。

今までと同じ親友同士でいたい私もいて。

だけど、聞かないといけない、と思った。

ルークがそれを望むなら。

私は親友として、一人の人間として。

その思いに誠実に向き合わないといけない。

「聞いてくれる？」

「聞くよ」

私は言った。

「だから絶対に怪我せず無事に戻ってくること。わかった？」

「その言葉がどんなにうれしいか、君にはわからないんだろうな」

ルークは言った。

「帰ってくるよ。絶対に。約束する」

◇　◇　◇

最初に現れたのは、二人組の男だった。

全身黒ずくめで厚手の外套に身を包んでいる。

二人の姿は夜の闇の中から、浮き上がるようにして出てきたように見えた。

夜に溶けていた何かが形になったみたいに。

しかし、それは錯覚なのだろう。

二人は黒い仮面で顔を覆っていた。

(なにこのでたらめな魔力圧……)

私が息を呑んだのは、彼らの纏う魔力圧に異常な何かを感じたからだった。

魔力量自体も突出して多い。しかし、そこには尋常な世界の理《ことわり》に反した何かが混じっているように感じられた。

(多分違法薬物と特級遺物。危険な方法で人間としての機能を犠牲にして、化け物じみた能力を獲得してる)

王国屈指の優秀な魔術師が集まっている王宮魔術師団だけど、この二人に勝てる魔法使いは多分ほとんどいない。

（交戦すれば新人さんたちは……）

正面から戦えば、まず間違いなく少なくない被害が出る。

命を落とすことになってしまってもおかしくない。

改めて、戦ってはいけない相手だと痛感する。

（とにかく、無事に騙しきることだけを考えないと）

二人の男は、アルバーン家とエニアグラム家の関係者を観察していた。

感情は読み取れない。

仮面が彼らから個性と人間らしい機微を奪い取っている。

沈黙が廃墟を包んだ。

二人は何かを警戒してるのかもしれない、と思う。

よくない何かが交じっている。

王宮魔術師が入り込み、この取引は彼らにとって不都合なものに変わっている、と気づきつつあるのかもしれない。

（落ち着け。考えすぎるな）

そこにあるのは沈黙だけだった。

動揺しているのは私の心。

欺こうとしてることを見破られてはいけない。

みんなを守り抜くためにも、絶対に騙しきらないといけない。

強い思いが、私の身体を固くしている。

悟られないように長く息を吐く。

呼吸を整え、身体の力を抜く。

いつ何が起きても対処できるように準備をする。

二人の男は、廃墟の外に向けてハンドサインをした。

闇の中から一人の男が現れる。その男は黒いフードを被っていた。仮面には複雑な装飾があしらわれている。

(多分この人が一番強い……)

黒いフードの男は、歩み出て言った。

「王国の要とも言える皆様とこのような機会を得ることができ、我々は非常にうれしく思っています。紡がれた絆は何よりも固い。早速ですが、取引を始めましょう」

アルバーン家とエニアグラム家の執事が金貨が詰め込まれた鞄を渡す。

かなり重たいようだ。

各家から三つずつ。合計六つの鞄が手渡される。

受け取った仮面の男はきびきびとした所作で頭を下げてから、鞄を開けて中身を確認する。

「数に間違いはございませんか？」

「ございません。ご依頼いただいた量を正確にご用意しております」

「たしかにそのようですね。素晴らしい」

黒いフードの男は言う。

「貴方は信頼できる方のようだ。私にはそれがわかります」

「ありがとうございます」

「しかし、他の方はどうでしょう。この中に貴方と違い、邪《よこしま》な心を持った方がいる可能性はありませんか」

「と言いますと？」

「我々を狙う何者かが入り込んでいるのではないかと私は案じています。たとえば、そう――」

黒いフードの男は意味ありげな間を置いてから言った。

「王宮魔術師とか」

表情を変えないように意識する。

動揺が漏れてはいけない。

疑念を確信に変えてはいけない。

アルバーン家とエニアグラム家に対する潜入と交渉は、細心の注意を払って行っていた。

見張りがいたとしても、気づかれてはいないはず。

となると、これはハッタリの可能性が高い。

私たちの動揺を誘っている。

「ありえません。彼らがこの取引を知っているはずがない」

執事さんは少し困った顔で言った。

そこに嘘はない。

彼は自分の仕える主人が、数時間前に考えを変えていることを知らずにいる。

「しかし、貴方の家には先日二匹の鼠が入り込んでいました。非常に優秀で腕の立つ鼠でした。彼らは隠蔽魔法を使っていた」

黒いフードの男は言う。

「たとえば、そこに控えている彼が王宮魔術師だという可能性はありませんか？」

男が指し示したのはアルバーン家で働く使用人の男だった。

しかし、その正体が別の人物であることを私は知っている。

（ルーク……！）

視線がルークに集中する。

対して、ルークは戸惑った顔をした。

声は発しない。

相手に検討する材料を与えない判断。

「ありえないですよ。この者のことはうちで働き始めた頃からよく知っています」

「何らかの魔法で姿を変えているという可能性は？」

「たしかに、その可能性は絶対にないとは言い切れませんが……」

「少し質問してみましょう」

黒いフードの男は言う。

「貴方は王宮魔術師ですか？」

「まさか。違います」

「返答が早いですね。早く答えることで信頼を得ようとしている」

「とんでもない。これは職務上の癖でして」

その話す姿に、私は息を呑む。

(うまい)

正体を知っている私でも、本当に何も知らない使用人さんなんじゃないかと錯覚してしまいそうなくらいだった。

『僕の場合は幼い頃からずっと演じてるところあったから』

ヴィルヘルム伯の屋敷に潜入した際、そんなことを言っていたのを思いだす。

さすが元腹黒仮面優等生。

培われた演技力は、普通の人とは一線を画する真実の質感を伴っている。

「なるほど。良しとすることにしましょう」

黒いフードの男は小さくうなずいてから続けた。

「できるなら、貴方たち全員に対して審問を行いたいところですが、我々には時間がありません。職務遂行上必要な妥協として、この取引が当初の予定通り正当かつ公正なものとして行われていると信じることにしましょう」

二人の男が、金貨の詰められた鞄を回収する。

ひとつ運ぶだけでも大変な鞄を、二人は三つ簡単に抱えてしまった。

常軌を逸した力の強さ。

おそらく、これも裏社会で流通している違法薬物によって作られたものなのだろう。

「ありがとうございました。取引に携わってくださった皆様に心からの感謝をお伝えしたい」

丁寧な所作で深々と頭を下げる黒いフードの男。

「しかし、我々は慎重であることを何よりも重要な美徳として活動しています。あらゆるリスクを排し、自らの身を守るために最善を尽くす。もし貴方たちの中に裏切り者が交じっていたら。あるいは、ここにいる誰かが今後裏切ったとしたら。可能性があるのであれば最善を尽くすのが我々のやり方です。どうすれば裏切りを回避することができるのか。現実的な方策として我々はこの廃墟の地下にあるものを仕掛けました」

黒いフードの男は言った。

「ある方の邸宅に残っていたベルトール火薬千キログラム。そして、それを発火させる起爆装置です」

その声はやけにはっきりと廃墟の中に響いた。

「さようなら。機会があれば、次の世界でお会いしましょう」

瞬間、三千度を超える熱風がすべてを一瞬で蒸発させた。


ベルトール火薬が起爆したその瞬間、私はありったけの声で叫んでいた。

「魔法障壁展開！」

言葉にしたのは、支援が必要だったから。

私にできるすべての魔力を込めても、一人じゃとても防ぎきれない。

それでも、優秀な仲間と一緒なら。

力を合わせることができれば可能性は残る。

展開する魔法障壁。

最初に合わせてくれたのはルークだった。

私の起動した障壁の構造を一瞬で把握し、脆い部分を補強する魔法障壁を展開し、全体の出力を上げる。

障壁を重ねて強化するお手本を示して、後に続く人を誘導する。

ミーシャ先輩が続いて、次に続いたのはマイルズくん。

臨機応変な対応が求められる職場で働いていた経験から来る瞬発力。

それから新人さんたちが魔法障壁を展開する。

「イリスちゃん！　水属性付与して！」

はっとするイリスちゃん。

足下が一瞬で蒸発する。

すべてを消し飛ばす爆轟《ばくごう》。

炎に強い抵抗力を持つ水属性を付与して、それでも抑えきれない。

熱風が肌を焼く。

風魔法の障壁で致死的な爆風をなんとか外へ逃がす。

太陽よりも眩しい白い光がすべてを染め上げる。

瞼の裏が光に包まれる。

自分の身体がどういう状態なのか、まだ残っているのかさえわからない。

足場を失った私たちは地下深くに落下する。

風の流れで、地面が近づいているのに気づいた私は咄嗟に風魔法を起動した。

《烈風砲《ウインドブラスト》》

風の大砲が落下する私たちのクッションになる。

バランスを崩したまま、顔面から着地した私だけど、その痛みは転んだときくらいのものだった。

生きてる。

身体がある。

その事実にほっと息を吐く。

「みんな、大丈夫!?」

周囲を見回す。

深い闇の中、たくさんの人が倒れている。無事を確認するのは簡単なことじゃない。

声かけをして、一人ずつ確認する。

七番隊全員の無事を確認して、私は心から安堵した。

(他の関係者さんたちもダメージは深刻じゃない)

周囲の状況を把握しながら、私はその理由に気づいていた。

こういうとき、自分より別の誰かを優先するバカがいて。

しかもそいつは、私たちの中でもとびっきり優秀なのだ。

「……あんた、自分より周りを優先して障壁を強化したでしょ」

「少しだけね」

「なんであんたはそういつもいつも」

「僕の心がそうしたいって言ってるから」

こともなげに言うその言葉に、少し余計なことを考えてしまう。

こいつは本来他人に興味がない人で。

そこまでするのは、守りたい特別な誰かがいるから。

その誰かがどこにいるのかわからないから、自分以外の全員を守るために無茶をした。

鈍感な私でもわかってる。

多分、それは私なのだ。

身体の奥で心臓が鳴る。

いけない、と首を振る。

そういうことを考えるのは後にしよう。

今はこの場からみんなを無事に帰らせること。

「どうやら私の懸念は当たっていたようです」

爆発によって空いた大穴の上から、黒いフードの男の声がかすかに聞こえる。

「とはいえ、腕が立つのは二人。あとは私たちの敵ではなさそうですね」

感情のない冷ややかな声で続けた。

「処理をすることにしましょう。まずは王宮魔術師から。一人も取り逃さないように」

穴の下に降りてきたのは三人の仮面の男だった。

「みんな！　練習通り連携して攻撃！　絶対に一人にならないで！」

鋭く指示を出す。

訓練で行っていた二人一組で自分の身を守る戦い方。

放たれる魔術砲火。

カルロスくんとヒューゴくんが放った魔法は、仮面の男の一人を直撃する。

「一人では無理でも二人なら――」

興奮の混じった声でカルロスくんが言う。

闇の中で噴煙が舞う。

何かが焼ける臭いが空気に混じっている。

しかし、煙の奥から見えたのは私たちが想像もしていない光景だった。

「なん、で……」

立ち上がり、首を鳴らす仮面の男。

砂塵で汚れてはいるものの、その身体はまったくダメージを受けてないように見える。

普通の人間ではありえない、異常な耐久力。

仮面の男が魔法式を起動する。

放たれた爆轟は二人が起動していた三枚の魔法障壁を一瞬で粉砕した。

吹き飛ばされた二人の身体は、後方にいた新人さんたち三人を巻き込んでようやく静止する。

「でたらめすぎる……」

呆然と目を見開くヒューゴくん。

「落ち着いて！　自分にできることに集中！」

はっとした様子でアランくんとムーナちゃんが魔法式を起動する。

二人の展開した魔法障壁と氷魔法は、仮面の男の魔術砲火に対して、ほんのわずかな時間を稼ぐことしかできなくて——

だけど、そのわずかな時間が私たちには大きかった。

私が風魔法で攻撃を相殺し、ルークが電撃魔法で敵を迎撃する。

ルークにできたわずかな隙を狙った攻撃を、ミーシャ先輩がカバーしていた。

「助かりました」

表情を変えずに言うルークと、

「今度ごはん奢ってね」

真剣な顔で言うミーシャ先輩。

頼りになる仲間の存在が本当に心強い。

だからこそ、私も真っ直ぐな目で新人さんに言うことができる。

「みんなのことは私たちが守るから。みんなも私たちのことを守って。力を合わせれば、絶対に勝てる」

ルークの攻撃は仮面の男に少なくないダメージを与えたようだった。

警戒が強まる。その分、新人さんたちに対する踏み込みは少しだけ浅くなる。
交差する魔術砲火。
「セルティちゃん、七時の方向！」
セルティちゃんの背中を狙った攻撃を、風の大砲で相殺する。
数では勝っているものの、個人能力の差は歴然。
ギリギリで耐えしのぎ、持ちこたえるのが精一杯。
しかし、周囲の状況が戦況に大きな影響を与えていた。
月のない夜。
ベルトール火薬によって空いた大穴の底は、深海のように一点の光も射さない。
濃い闇がすべてを覆っている。
視覚情報はほとんど使えない。
だけど、私はこの状況に対処する効果的な方法を知っていた。
国別対抗戦の最終予選。
魔導国の魔術師さんの状態異常魔法で視覚を封じられたときの戦い方。
(見えない視覚は捨てる)
意識を研ぎ澄ませる。
(風の反響から敵の位置を把握する)

不利な状況でも、心に一点の揺らぎもなかった。

（みんなを絶対に生きて帰らせる）

最初からそう決めている。

◇　◇　◇

人間の枠を超えた個人能力を持つ仮面の男たち。

ギリギリで耐えしのぐのが精一杯の厳しい状況。

目まぐるしく状況が変わる激戦の中、ミーシャは誰よりも近くでノエルの動きを見ていた。

（また動きが良くなった）

視界を失った状況への常軌を逸した対応力。

狂気的な集中と反応。

戦況を隅々まで把握し、最善の行動を選ぶ。

すべてはこの子がやってきたことの延長。

魔道具師ギルドの劣悪な職場環境で種がまかれ、王宮魔術師団での経験を通して磨き上げられてきたこと。

しかし、ミーシャはそこに今まで以上に強い何かを感じていた。

（多分、先輩になったから）

後輩を守るという強い決意。

覚悟と意志が、ノエルの動きをさらに鬼気迫るものにしている。

副隊長としての職責。

ずっと後輩のあの子は、理想とする仕事を全うするために自分から多くを抱え込んでいる。

（誰かのためならもっとがんばれる。やっぱりすごいなこの子は）

記録的な速度で昇格を重ねて、あっという間に自分を追い越していった後輩。

悔しさがまったくないと言ったら嘘になる。

でも、それよりは綺麗だと思う気持ちの方が強かった。

好きなことを仕事にする中でいつの間にか忘れている新鮮な情熱。

他に何もいらないと思えるくらいの、とびっきり強い大好きという気持ち。

そんな風に思い続けられること自体が何よりも大きな才能で。

人生を前向きに楽しみながら、そのすべてをひとつのことに捧げている。

自分にはできないことだったからこそ、小さくてちょっとお馬鹿なこの子がミーシャには綺麗に見える。

（でも、この状況はさすがにキャパオーバーか）

爆発による消耗。異常な戦闘力を持つ仮面の男たち。

八人の新人全員を守るために、ノエルは明らかに無理をしている。

(なら、それを支えるのが私の役目)

ミーシャは決意を込めて魔法式を起動する。

(行け。もっと高く飛びな、ノエル)

◆　◆　◆

仮面の男たちにとって、目の前の王宮魔術師たちは脅威となるような相手ではなかった。

もちろん西方大陸屈指の高い技術力を持つ、アーデンフェルド王国の魔法界を勝ち抜いた、彼らの才能には特別なものがある。

しかし、それはあくまで表世界の中での話だ。

手段を選ぶ必要がない世界の裏側にはもっと別のやり方がある。

寿命を縮める危険な違法薬物と肉体を改造する手術。

犯罪組織《黄昏》でも使われていたこの技術は、特級遺物を使用した新しい方法が発明され、さらに質と強度が高いものになっていた。

ほとんどの人間は心神を喪失して使い物にならなくなるが、成功すれば魔術師としても戦士としても、常人では届かない化け物じみた力を手にすることができる。

加えて、敵のほとんどは王宮魔術師にしては経験の浅い者たちだった。

(脅威になり得るのは二人。あとはそもそも相手にさえならない)

勝敗は戦う前から決していたようなものだった。

彼らに求められていたのはより確実な方法で敵を殲滅《せんめつ》すること。

包囲の維持が最優先。

一人も逃がさず、この場で起きた出来事のすべてを闇に葬らなければならない。

(力の差は明白。退路さえ断っておけば、自ずと結果は出る)

しかし、王宮魔術師たちの動きは仮面の男たちの想定を超えるものがあった。

一歩間違えれば死が迫る状況下でも冷静に連携し、戦線を維持している。

(あの女だ。あの女が集団を統率している)

的確な声かけと窮地の仲間への支援。

小柄な魔法使いは、経験が浅い仲間の力を引き出し、増幅させ最大化している。

二メートル先も見えない深い闇の中で、全方位が見えているかのような空間把握。

傍《そば》で控える魔術師がサポートすることで、ノエルの動きはさらにその力強さを増していた。

単純な個人での強さだけではない。

味方を誘導して数的有利を作り、彼らの特徴と個性を活かして戦局を有利に運ぶ。

人数が増え、戦局が複雑なものになるにつれてさらに鋭さを増す状況判断と統率力。

加えて、彼女の動きは時間が経つにつれて明らかに良くなっているように感じられた。

異常な速度で変化し、力を増していく。

（なんだ、こいつ……）

深い闇の中、底知れない何かがさらにその鋭さを増す。

◇　◇　◇

激戦の中で、イリス・リードはたしかにその変化を感じ取っていた。

（また動きが良くなった）

自分たちを守ろうと奮戦するノエル副隊長。

隊長の強さにもすごいものがある。だけど、副隊長のそれには絶対に譲らないという鬼気迫る何かがある。

（多分、私たちを守るために）

「イリスちゃん五時の方向！　避けて！」

鋭く飛ぶ指示の声。

気づけていなかった攻撃をなんとか回避する。

驚異的な空間把握。

すさまじい戦い振りを見せながら、部下に的確に指示を出す。

そして、そんな副隊長を支えるために第三席の先輩が懸命にサポートに徹していることにもイリスは気づいていた。

自分以外の誰かのために戦っている。

その姿がイリスにはまったく理解できない。

（他の人にエネルギーを使うより、自分のために使った方が絶対効率良いのに）

他人に矢印を向けてがんばっても、得られるものは少ないし、何も得られずに終わることもある。

何かをすると見返りが欲しくなってしまうから。

何も返ってこなかったとき、自分がいらない存在だと言われてるような気がするから。

『イリスちゃん、お願い！　試験範囲のノート見せて！』

『いつもありがとう。イリスちゃんのおかげで私、ほんと助かってる』

『友達？　あり得ないよ、あんな気難しい子。便利だからテストのとき使ってあげてるだけ。ずっと一人で魔法の勉強ばかりしててかわいそうだしね』

思いだしただけで死にたくなる初等学校での記憶。

ずっとひとりぼっちで。

魔法だけが私の友達で。

下に見られるのが腹立たしくて、たくさん努力した。

ガリ勉って言われてムカついたからおしゃれの勉強をした。

頭の良い私は化粧とファッションについて誰よりも詳しくなって、見下してきたあの子が絶句するくらいイケてる子になってやって。

その結果、生意気だってもっと無視されるようになった。

それでいい。

頭が悪く才能のない連中に時間を使うのは無駄だ。

努力するのが嫌いで、集まって他人の悪口を言うことで自己肯定感を得てるバカども。

散々意地悪してたくせに、外見が変わっただけで態度を変えたくだらない男どもも同じだ。

私には誰もいらない。

(人間は生まれてから死ぬまで一人。あたしは一人で生きていける)

なのに、入団した王宮魔術師団の先輩達は、必死で私のことを守ろうとしている。

誰よりも結果を出してるはずの小さな先輩なんて、バカみたいにずっと気にかけてきて。

(ほんと愚かな先輩。他の人にエネルギーを使うなんて無駄なのに。そんなこともわからないなんて)

多分、私と違って魔法以外に対する基礎的な知性は足りないのだろう。

先輩がどんなにがんばっても私の思想は変わらない。

人を変えることはできないし、期待するだけ無駄で意味のないことで——

『何より、私はイリスちゃんに幸せな人生を歩んでほしい』

『誰よりも頑張り屋なイリスちゃんは、幸せになるべき人だと思うから』

『ここだけの話、私はイリスちゃんのことを結構気に入ってるの。だからこそ、人の弱さに寄り添える優しい人になってほしいなって思ってる』


心の奥を揺らすやわらかい何か。

あたたかくてふわふわしたそれに、戸惑う。

自分でも知らない自分がそこにいる。

イリスは少しの間目を閉じてから思った。

(借りっぱなしは性に合わないので。少しだけ力を貸してあげます、先輩)

◇　◇　◇

奮戦するルーク隊長とノエル副隊長。

それをサポートするミーシャ先輩。

さらに、そこに加わったイリス・リードの姿が、七番隊の新人たちに与えた衝撃は大きかった。

自分勝手で他人のことを顧みない、人間性に問題のある同期の子。

協調性は皆無で、利他的な発想なんてまったく持たない。
そんな彼女が今は最前線で、他のみんなよりもリスクを負って戦っている。
自分以外の誰かのために必死で戦う先輩と同期。
(どうしてそんなに必死に)
その姿が、マイルズには信じられない。
人間は醜く愚かな生き物だ。
マイルズは初めて就職した職場の中で、それを嫌というほどに思い知った。
憂さ晴らしのための罵倒。
泣きたくなるほど理不尽な出来事の数々。
みんな自分のことが一番大切で、邪魔な他人を虐げることに何の躊躇《ちゅうちょ》もない。

『基準を満たしてない商品を売るんですか』
『うちはずっとそうやってきてるから』
『この材料じゃできません。認可をもらってる素材を使わないと耐久性が』
『それでもできる方法を探すのがお前の仕事だろ』

『検査の数字をでっちあげるなんて……不正じゃないですか』
『家族を食わさないといけないんだよ。黙ってろ』
『仕事っていうのはそんな甘いもんじゃねえんだよ』
『できないくせに声だけ大きいから』
『こんなに使えないとは思わなかった』
『自分が浮いてるってことに気づいてる？』

罵倒と暴力が日常になった。
耐えてるうちに心が死んでいった。
間違っていることを間違ったままできるようになった。
生きていくために仕方ないことだった。
誰も守ってなんてくれないから。
社会というのはそういうもの。

強くならないと生きていけない。

だからこそ、その小柄な先輩の存在がマイルズは最初から気に入らなかった。

自分と同じ境遇だったはずなのに、魔法が好きだという気持ちが全身から伝わってきて。

見ているだけでみじめな気持ちになった。

自分を否定されているような気持ちになった。

子供じみた反発をして、王宮魔術師団でも浮いて。

それでもいいって思っていた。

クビにされたら今度こそ、魔法を使わない仕事に就こう。

好きなことを仕事にしても、ろくなことにならないと理解できたから。

それができる才能は自分にはないって思い知ったから。

そう思っていたのに——


『私は君の考え方を支持するよ。君はそのスタンスを変えなくていい』

『君は君の心の声を聞いて、君がやりたいようにやってほしい。でもね、全部が全部今のままやろうとしなくてもいいよ。時々で良いから、働き始める前の君も大事にしてほしい。一生懸命やるのが楽しいってことを君は知ってると思うんだ。私は今の君も好きだけど、昔の君もすごく好きだから。これは個人的なお願いであり、わがままだから無理して聞く必要はないんだけどね』

『何を選んでも、私は先輩として君を応援してる。ちゃんと見てるからね。期待してるから』

子供みたいに小さなその先輩は、彼のことを見捨てようとはしなかった。

目線を合わせて、誠実に向き合ってくれて。

今も他の素直な後輩と同じように、自分のことも必死で守ろうとしてくれている。

心の奥で誰かが叫んでいた。

(……違うだろ)

誰かの声が言う。

(ここまでされて、がんばらないのは違うだろ)

潤んだ目元を拭う。

本気でやらないとダメだ。

じゃないと、俺が俺を許せなくなる。

大嫌いな自分。

弱くて才能がなくて、芯がなくて、どうしようもない。

だけど、それでも譲れないものがある。

懸けてきた時間がある。

（ここで終わってもいい。すべてを出し尽くして先輩の力になる……！）

◆　◆　◆

時間が経過するごとに、王宮魔術師たちの力が増していくのを黒いフードの男は感じていた。

明らかだったはずの戦力差が縮まり始めている。

強い気持ちが彼らの魔法の質と威力を向上させている。

それはほんのわずかな差だ。

だが、その小さな差が魔法戦闘においては大きいことを彼らは知っていた。

（このまま安全に勝ちに行くのは危険。リスクを取り、確実に一人ずつ仕留める必要がある）

そして、止めなければならないのが誰なのか、はっきりと彼らは理解していた。

（あの小さな魔法使いを止めないといけない。どんな手を使ってでも）

上がっている王宮魔術師たちの士気。

経験の浅いはずの者たちが、深い闇の中で的確な攻撃と連携を続けている。

恐怖に支配されず冷静に魔法を使えているのは、小さな魔法使いが彼らを守っているから。

しかし、そうわかっていても彼女を止めるのは簡単なことではなかった。

攻撃を集中すれば、すぐにルーク・ヴァルトシュタインが横やりを入れてくる。

混戦の中で、彼はずっとノエルから目を離していない。

何かあれば、すぐに助けに行ける準備をしている。

（この戦いは彼女さえ潰せばその時点で事実上決着する。なら、最も確実な方法を使って彼女を止める）

「プランCでいく」

二つの仮面がうなずきを返す。

黒いフードの男は気づいていた。

ノエルの戦い方にあるわずかな隙。

小さな王宮魔術師は明らかに無理をして仲間全員を守ろうとしている。

（弱者を切り捨てられない弱さをつく。彼女の負荷がさらに増すように攻撃を分散する）

ノエルの位置から最も支援が難しい、両端にいる二人に一斉に攻撃を放つ。

「ムーナちゃん、右――！」

ムーナと呼ばれた新人王宮魔術師はその攻撃に反応できていない。

そして、だからこそ仮面の男たちは彼女に攻撃を集中する。

放たれる三人の魔術砲火。

固有時間を加速させる魔法で懸命にカバーしようとするノエル。

人間離れした速度と対応力で敵の攻撃を相殺する。
しかし、防ぎきれない。
致死的な威力の炎魔法がムーナに迫る。
展開した魔法障壁は一瞬で破砕した。
引き延ばされる時間。
すべてがスローモーションに見える。
(私、死ぬの……?)
恐怖に身体が凍り付いたその刹那、飛び込んできたのは小柄な先輩だった。
ムーナの前に割り込み、風魔法で攻撃を相殺する。
だが、間に合わない。
炎魔法がノエルを直撃する。
「ノエル先輩――!」
声にならない声がすぐ傍で聞こえた。

◇　◇　◇

背中がなくなったと思った。

痛みで頭が真っ白になる。
爆《は》ぜる火球。
肌が焼ける臭い。
身体に力が入らない。
立っていることができずに膝をつく。
解ける《固有時間加速《スペルブースト》》
霞む視界。
急激に魔力を失ったことによる魔力切れの症状。
私は既に限界を超えていて——
だけど、同時に気づいている。
これだけムーナちゃんと私に攻撃を集中したのだ。
必然的に他のみんなに対する警戒は甘くなる。
——そして、あいつはそんなチャンスを絶対に逃さない。
超高電圧の電撃魔法が仮面の男を直撃する。
一瞬で一人を戦闘不能にして二人目に。
ルークの横顔には普段と違う切迫したものが感じられる。
気づいている。

ここで絶対に仕留めないといけない。
仲間を守るために。
大切なものを守るために。
しかし、叶わない。
黒いフードの男は、仲間を盾にしてルークの攻撃を止める。
私に向けて魔法式を起動する。
放たれる氷槍《ひょうそう》の雨。
無数の鋭利な切っ先が私に迫る。
そのとき、私の目の前に展開したのは九枚の魔法障壁だった。
ミーシャ先輩と新人さんたちが懸命に魔法式を起動している。
「させない——！」
しかし、それでも黒いフードの男の攻撃を止めることは叶わない。
起動する魔法式。
殺到した氷槍が魔法障壁を一瞬で破壊する。
吹き飛ばされる新人さんたち。
防御する術を失った私たちに向け、黒いフードの男が魔法式を起動しようとする。
致死的な威力の魔法が放たれるその刹那、飛び込んだのは三つの影だった。

「させないって言ってるでしょうが！」
全力の魔術砲火を放つミーシャ先輩。
イリスちゃんとマイルズくんが懸命にそれを支援している。
三人が力を合わせて放った魔法は、ほんのわずかな時間を稼ぐことしかできなくて――
しかし、それでもこの状況では十分だった。
立ち上がった六人の魔術砲火が黒いフードの男に降り注ぐ。
多分、私がみんなの魔法を組み合わせて最適化していたのを見ていたからだろう。
九人で思いを込めて放つ魔法には、今までのそれにはない何かがあった。
「ぐ――――！」
魔術砲火が黒いフードの男を直撃する。
地面を転がりながら、膝をついて起き上がる。
ルークの電撃が黒いフードの男を貫いたのはそのときだった。
稲妻が闇を切り裂く。
光がすべてを白く染める。
男が崩れ落ちる音が小さく響いた。
静かになった穴の底で、安堵の息を吐く。
「大丈夫ですか、ノエル先輩!?」

駆け寄ってきたイリスちゃんに思わず笑みがこぼれた。

「大丈夫。もう魔力はほとんど残ってないからこれ以上戦うのは無理だったけど」

「私もです。ほんと、ギリギリでした」

みんな、すべてを出し尽くして戦ってくれたのだろう。

魔力も体力もほとんど残っていない。

戦いがこれ以上続いていたら、どうなっていたか考えたくもない。

「ごめんなさい、ノエル先輩。私のせいで」

心配そうな顔のムーナちゃんに笑みを返す。

「大丈夫。むしろ、私の方こそみんなに助けてもらったから」

みんなが私を助けようと必死でがんばってくれた。その心強さとあたたかさは、今も私の胸の中に残っている。

「助けてくれてありがとう」

「助けてもらったお返しです」

ぶっきらぼうな声で言うマイルズくん。

同意するみたいにうなずく新人さんたち。

みんなを守り抜くことができてよかった、とほっと息を吐いたそのときだった。

感じたのはわずかな魔力の気配。

空気がしんと冷えて感じられる。
張り詰めたその中には死の気配が混じっている。
次の瞬間、目の前に広がった光景に私は絶句した。
仮面の男が五人、私たちを包囲するように立っている。
今まで戦っていた三人とは違う。
別の五人が増援に来たのだ。
「うそ、でしょ……」
「そんな……」
息を呑む新人さんたち。
心が折れる音が聞こえた気がした。
当然だ。
今の私たちに彼らと戦う力は残っていない。
私の状況把握能力が伝えている。
どんなに手を尽くしても、この状況を切り抜けることはできない。
仮面の男たちが魔法式を起動する。
「まずはノエル・スプリングフィールドを仕留める」
魔術砲火が殺到する。

衝撃と熱風。

一瞬で人体を粉微塵にする破壊的な威力を持つその攻撃は、しかし私には届いていなかった。

「ルーク……！」

ルークが私をかばうように立っている。

しかし、その身体は明らかに限界を超えていた。

残っていた魔力を振り絞って起動した五枚の魔法障壁は一瞬ではじけ飛び、貫通した魔術砲火はルークの服と身体をずたずたに引き裂いている。

「なんで……」

「絶対に通さない」

明らかに魔力切れを起こしているにもかかわらず、懸命に意識を繋ぎ止めて魔法障壁を起動する。

ふるえる膝を手でおさえ、何度もよろめきながら、それでも私の前を絶対に譲ろうとしない。

傍らでは七番隊のみんながくずおれている。

残っていた力も、今の攻撃を防ぐために使い果たしたのだろう。

もう魔法障壁を張ることはできない。

（先輩なのに……私がみんなを守らないといけないのに……）

こんな私を慕ってくれて、好きになってくれた。

必死で守ろうとしてくれた。

ルークだってそうだ。
いつも私のことを考えてくれて。
拾ってくれて。
見ててくれて。
守ってくれて。
なのに、身体が動いてくれない。
魔力は完全に底を突いている。
（ごめん、みんな……）
ルークが崩れ落ちる。
五人の仮面の男が魔法式を起動する。
致死的な威力の魔術砲火が私たちに降り注ぐ。
迫る痛みと恐怖に目を閉じたその瞬間——
それは起きた。

《氷の世界《セロ・アブソレイト》》

何が起きたのかわからない。

目に映るすべてが凍り付いている。

時間が止まったかのように感じられた。

すべてが青く染まっている。

空気が液状化する極低温の世界が目の前に展開している。

「気をつけてくださいね」

凛とした声が響く。

「同期を罠にはめたことに対して。そして後輩を傷つけたことに対して、私は貴方たちに個人的な怒りを抱いています」

音もなく穴の底に降り立ったその人は、薄明かりの中で悠然と私たちを見下ろしていた。

「全力で障壁を展開しなさい。うっかり殺してしまうかもしれないので」

王宮魔術師団二番隊隊長クリス・シャーロック。

さらに、私たちの前には剣を握った美しい佇《たたず》まいの男性――剣聖エリック・ラッシュフォードが立っていた。

他にも、たくさんの王宮魔術師さんと騎士さんたちが布陣している。

（二番隊魔法不適切使用取締局と王立騎士団――！）

「スプリングフィールド、大丈夫か？」

声をかけてくれたのは、取締局で局長を務めるシェイマスさんだった。

ヴィルヘルム伯の強制捜査をする際に、一緒に戦った二番隊の副隊長。

「動いているのが自分たちだけだと思ったら大間違いだ。今回は追いつかせてもらったぞ、ヴァルトシュタイン」

にやりと口角を上げて言う。

「よく時間を稼いだ。褒めてやる」

仮面の男たちが魔術砲火を放つ。

しかし、そこには到底覆せない数と戦力の差があった。

一人、また一人と戦闘不能になり、無力化されていく。

信じられない光景。

死に際の夢なんじゃないかって怖くなるくらいで。

だけど、身体の痛みはたしかにそれが現実であることを教えてくれていた。

(よかった。ほんとによかった)

みんなを守り切ることができた。

副隊長としての務めを全うすることができた。

安心したら、気が抜けてしまったのかもしれない。

「ノエル先輩!?　ノエル先輩しっかり――!?」

イリスちゃんの声が聞こえる中、私は意識を失っていた。

エピローグ　王都の休日

まどろみの中から目を覚ます。

病室の天井。

細かくついた黒いシミ。

まだ真新しい魔導式の照明。

その光景を、私は知っていた。

（前と同じ病室だ）

もぞもぞと身をよじって身体の状態を確認する。

全身が重たく気だるい感じは、強力な回復魔法がかけられた後だからだろう。

ヴィルヘルム伯の事件の後もかけてもらった、四番隊隊長ビセンテさんの特別な回復魔法。

《救世の魔術師》が磨き上げた王国一の回復魔法は、今回も私の身体をしっかりと治療してくれたようだった。

（痛いところはない。大丈夫そう）

確認しつつ身じろぎをしたそのときだった。

視界の端に誰かの姿が映る。

花瓶に持ってきた花を飾りながら、窓の外を見ているのはイリスちゃんだった。

吹き込んだ風が長い髪をさらう。

左肩には包帯が巻かれている。

品の良い香水の香りがする。

おしゃれ女子の匂いだ、と思っていると、イリスちゃんが私に気づいて固まった。

小さく見開かれた目。

時間が止まったかのように動かない身体。

私が目を覚ますと思っていなかったらしい。

嫌そうに顔をしかめつつ、花瓶から手を離す。

後ろ手に何かを隠しながら部屋を出ていく。

しばらくして、部屋に入ってきたのはビセンテさんだった。

「具合の悪いところはありませんか？」

「大丈夫です。回復魔法が効いているのか、少し眠いですけど」

「それは何より。しかし、ノエルさんはあの子に随分慕われてますね」

「あの子？」

「七番隊のイリス・リードさんです。自分も入院してたのに二日間で三回お見舞いに来ましたからね。『ノエルさんのことがお好きなんですね』と言ったら、『先輩は私が倒さないといけないので。他の人に倒されるのは困るだけです』って言ってました」

「それは慕われてるんですかね？」

「慕われまくってます。私にはわかります」

ビセンテさんは芝居がかった表情で言う。

「しかし、今回もお手柄でしたね。裏取引の阻止と、王国を狙っていた敵の捕縛。ミカエル殿下も大変喜ばれていました。あの方は、そういった敵の存在を予期して動いていたようだったので」

「もしかして、ミカエル殿下が先輩たちと王立騎士団を送ってくれたんですか？」

「王立騎士団はミカエル殿下ですね。二番隊の取締局は独自捜査でたどり着いたみたいです。あとはある方の手紙も大きかったとのことでした」

「手紙？」

「捕まった直後にガウェイン隊長が、ミカエル殿下とクリス隊長にメッセージを送っていたみたいなんです。『ルーク・ヴァルトシュタインに気をつけろ』と。結果、二人は密かにルークくんの動向を追い、あのタイミングでの救援に繋がったとのことでした」

「あえてルークが黒幕みたいな伝え方をすることで、殿下とクリス隊長が最大限の警戒をしてくれるという狙いですか」

「結果、剣聖さんまで駆けつけることになりましたからね。ほんと、身内に甘い彼らしいです」

やさしい笑みを浮かべつつ、ビセンテさんは言う。

「でも、誰よりも喜んでるのはシェイマスくんですよ。いつも出し抜かれて手柄を横取りされてたヴァルトシュタインに貸しを作ってやったと大喜びで。ヴィルヘルム伯の事件でルーク君に助けてもらってるので、お互い様なんですけどね。そう言うと、不服そうにしてましたけど」

助けに来てくれた二番隊魔法不適切使用取締局の人たち。

その頼もしい姿を思いだす。

ルークに救われた形となったアルバーン家とエニアグラム家の働きかけによって、レティシアさんとガウェインさんに対する嫌疑も晴れ、明日から仕事に復帰する予定だと言う。

すべてがひとまずは大きく損なわれずにまとまって。

何より私が安堵していたのは、七番隊のみんなを無事に帰らせることができたことだった。

「本当によかったです。七番隊のみんなを守り切ることができて」

「ノエルさんは今回随分張り切ってたみたいですもんね。良い先輩として上官として、新人さんをしっかり導かないとって」

「うまくできたかは全然わからないですけどね。あとから後悔することも多くて」

「そういうものですよ。上に立つってなかなか難しいので」

「ビセンテさんでもそうなんですか？」

「失敗と反省の日々です。とはいえ、それでいいんだと思いますけどね。ほら、新しい魔道具を使うときも言うではないですか。慣れてきた頃が一番危ないって」

「たしかに」

「大丈夫かなって自分を省みるのは大事なことです。そういう意味でも、ノエルさんは良い先輩だと思いますよ」

その言葉は、私の中で不思議な響き方をした。

多分、私は不安だったのだと思う。

最初に入った職場でうまくやれなかった私が、先輩なんてできるのかなって無意識のうちにプレッシャーを感じていて。

だからこそ、その言葉はご褒美に食べるケーキのイチゴみたいに、特別で素敵な響き方をした。

「ですかね。そうだといいんですけど」

少し気恥ずかしくて頬をかく。

窓から入った風が私の髪をさらう。

吹き抜けるそれには夏の予感が混じり始めている。

◇　◇　◇

王宮魔術師団一番隊隊長を務めるアーネスト・メーテルリンク。

《明滅の魔法使い》と呼ばれる彼の執務室は、十八の魔法結界が張られた異界になっている。

王国において最も優れた魔法結界術士である彼が創り上げた、西方大陸屈指の攻略難度を誇る特殊な空間。

そこに立っていたのはルーク・ヴァルトシュタインだった。

物憂げに顔を伏せ、言葉を探している。

形の良い唇が静かに開く。

声には後悔と無力感が滲んでいる。

「何もできませんでした」

その言葉に、アーネストは怪訝な顔をした。

まるで聞き慣れない異国の言葉を聞いたかのように。

「アルバーン家とエニアグラム家の裏切りに気づき、王国の未来を脅かす危険な裏取引を阻止した。この国を狙う【竜の教団】の構成員を捕縛し、存在自体確認されていなかった脅威の実在を確定させた。見事な働きだったと聞いている」

「功を焦ってあいつに危険な思いをさせました。守り切れると思っていたんです。でも、何もできなかった」

「敵は特級遺物を使って数十年の寿命と人間性を犠牲にし、魔力と身体能力を大幅に向上させていた。王宮魔術師団の中にも、彼らに個人能力で勝てるものは多くない。そんな相手に対し、包囲された状態で互角以上に戦っていたと聞いている。皆、君たちが敵を消耗させていたのが大きかったと話していた」

「そんなことは関係ありません。あと少し何か掛け違えていれば、取り返しの付かないことになっていたかもしれない。無力でした。あいつの……そして七番隊の部下の命を危険にさらした。助けられることしかできなかった。それがすべてです」

ルークは言う。

「深く反省しています。成果を上げるために独断専行を続け、部下たちとのコミュニケーションも取れているとは言い難い状況でした。今回のことを僕は失態以外の何物でもないと考えています。隊長から降格になっても仕方ない。それだけのことをしました」

アーネストはじっとルークを見つめて言った。

「君は隊長から外れることを望んでいるのか」

「それは絶対にありません。できるなら続けたいと思ってます。ただ、降格になっても文句を言えないことをしたということです。もっと慎重に行動すべきだった。もっと安全な方法を探すべきだった。もっと部下とコミュニケーションを取るべきだった」

ルークは目を伏せて言う。

「貴方がそうすべきだと判断するなら、僕は降格処分を受け入れます」

言葉には悔しさが滲んでいた。

演技では出せない本物の感情がそこにはあった。

絶対に叶えたい願いのために自分のすべてを捧げてきた。

どんな手でも使うと決めていた。

何よりも求めているそれから、自分は今自らの意思で遠ざかろうとしている。

馬鹿なことをするなと心の声が言う。

叫んでいる。

痛みが胸を裂く。

だけど、自らの過ちに誠実に向き合わないといけないと思う。

そうじゃないと、もっと大切な何かを失ってしまうような気がするから。

胸を張ってあいつの隣にいられなくなってしまうから。

「では、君の意見に従うことにしよう」

アーネストは表情を変えずに言う。

「私は七番隊を正式な部隊に昇格させようと考えている。副隊長のノエル・スプリングフィールドは聖金級《アダマンタイト》に昇格。隊長は王国史上初となる八人目の聖宝級《メイガス》魔術師――」

静かに言葉を続けた。

「ルーク・ヴァルトシュタインに任せることにする」

ルークはその言葉の意味がうまくつかめなかった。

失態と降格についての話をしていたはずだ。

自分は隊長としてふさわしい働きができなかった。

なのに、どうして？

どうして、僕が王国史上初となる八人目の聖宝級魔術師《メイガス》に昇格することになる？

「君は以前から聖宝級《メイガス》昇格にふさわしい能力を身につけていた。王宮魔術師団の誰よりも多くの仕事量をこなし、誰よりも貪欲に昇格することを求めていた。結果だけを見ればもっと早く昇格させるべきだっただろう。しかし、私は君に足りない部分があるのを感じていた」

アーネストは言う。

「部下や仲間に対する思いやりと自分を疑う能力。君はあまりにも自信過剰に見えた。失敗するかもしれない。大切な何かを失うかもしれない。そういう不安を必死で隠しているように感じられた。何よりも、君には失敗と後悔が必要だった」

アーネストは少しだけ口角を上げて続けた。

「今の君は聖宝級《メイガス》魔術師にふさわしい。私はそう考える」

ルークは何も言うことができず立ち尽くしていた。

ずっと求めていた聖宝級《メイガス》魔術師への昇格。

何度も悔しい思いをして。

手の届かなかったそれが、手の中にある。
ヴァルトシュタイン家を黙らせることができる最強のカード。
しかし、ルークにとって価値があるのは何よりもその先にある可能性だった。
ずっと目で追っていたあいつに手を伸ばすことができる。
醜聞で悲しい思いをさせることなく、自分の気持ちを伝えることができる。
どれだけこのときを待っていただろう。
あの日、見えなくなったあいつの姿。
やっと前に進むことができる。
追いかけることができる。
隠していた思いを伝えることができる。
視界が滲んでいた。
目の縁から、涙が美しい線を引いて頬を伝う。
ルークは目元を拭う。
二本の足でしっかりと地面を踏みしめて。
アーネストを見据えて言った。
「必ず期待に応えて見せます」

◇　◇　◇

三番隊副隊長執務室。

レティシア・リゼッタストーンは溜まっていた仕事の処理に追われていた。

ヴィルヘルム伯に対する違法捜査の嫌疑で拘禁された数日間。

隊長と副隊長が同時に捕縛され取り調べを受けていたことで、三番隊の書類仕事は壊滅的な遅れを記録していた。

しかし、王宮魔術師団の中で事務処理の速度では、右に出る者がいないと言われていたレティシアである。

普段から、事務処理が苦手なガウェインの作業を代わりに処理していただけのことはあり、復帰した翌日には急ぎの仕事を完遂。

一秒も残業をすることなく、既に八割以上の業務で予定通りの進捗を取り返すことに成功している。

(後は隊長の承認をもらうだけね)

書類の山を抱えて隊長執務室に向かう。

ノックをして開けた扉の先。

三番隊隊長ガウェインは、仕事の山に埋もれてボロボロになっていた。

「隊長。承認をお願いします」

「またか……」

ガウェインは生気のない目で書類を見つめる。

「なあ、レティシア。効率的に仕事を進めるためには気分転換も重要だと思うんだ。一日中机に向かっていると作業速度は遅くなってしまうだろ。だから、隊の現場作業に参加を――」

「ダメです。現場に出るのは優先して処理すべき仕事を終えてからにしてください。隊長で止まっている仕事がどれだけあるかわかってますよね」

「それはレティシアが次から次に仕事を持ってくるから……」

「それ以上不満を口にしたら、私が肩代わりしてる仕事を全部隊長のところに持ってきます」

「ほんとありがとな！　めちゃくちゃ感謝してる！　本当に！」

言いながら仕事に戻るガウェイン。

書類の山の中で動く赤い髪を見つめる。

不平を口にしながらも、必要なことはやり遂げるのがガウェインの性格だ。

要領よく急所を押さえ、大事なところはちゃんと押さえてくる。

手を抜けるところはとことん抜いてくるから、気心の知れた同僚や総務にはそれはもう迷惑をかけることもあるのだけど。

（思えば、学院時代からずっとそうだったっけ）

生真面目な性格のレティシアからはとても信じられない行動の数々を思いだす。

懐かしくて、零れそうになる笑みを手で隠す。

（やっぱりこの人は絶対ない）

改めて実感していたそのとき、不意に頭をよぎったのは、あの日手を握った男の子のことだった。

夏の路地裏と夕暮れの学習室。

子供たちの中心だった彼もたしか赤髪だった。

『ガウェインさんにとって貴方は特別な存在ですからね』

後輩の言葉が頭の中で反響する。

『先輩はもう少し、自分の周囲にも目を向けた方がいいですよ。絶対に叶えたい願いのために、他の一切を犠牲にしてきた同じ穴の狢からのアドバイスです』

（まさか――）

赤い絨毯が敷かれた廊下でレティシアは立ち尽くす。

橙色の日差しが窓から射し込んでいる。

◇　◇　◇

入院生活を終え、日常に戻る。

副隊長の私がいなくて、みんな困ってるんじゃないかなと心配していたけれど、職場復帰した私を待っていたのは滞りなく順調に仕事をこなしている七番隊のみんなの姿だった。

「そうそう、セルティちゃん良い感じ」

声をかけているのはミーシャ先輩。

安心感あふれる信頼の先輩力。

そして、その隣には見慣れない人物の姿があった。

「ここはこの資料を参考に翻訳して。重要なのは三つ目の魔法式だからそこを重点的に。難しいところだけどよろしく」

顔をつきあわせ、マイルズくんに指示を出すルーク。

今までは表に出せない類いの仕事ばかりしていて、日常業務に参加することはほとんどなかったのに。

私が数日休んだ間に、なんだか当たり前みたいに馴染んでいる。

なんという要領の良さ。

ルークが加わってから、仕事の進捗は私がいたときより早く進んでいるとのこと。

イリスちゃんとマイルズくんも前より精力的に働いていると聞かされて、私は嫉妬の感情でいっぱいになった。

（なんで……なんで私よりうまくやってるんだこいつ……！）

先輩力では私の方が上だと思ってたのに。

あいつはこういうの苦手だから、得意な私がやってあげないとって思っていたのに。

『これくらい余裕でできるけど？　ただ、ノエルの仕事を奪うのは申し訳ないからやってなかっただけ』

見下しどや顔のあいつを想像して、怒りにふるえる。

「もしそんな風に言われたら私、自分を抑える自信がありません。気づいたときにはルークを助走付きでぶん殴ってると思うんです。なので、後で証拠の隠滅と口裏合わせを手伝ってください」

「羽交い締めにして止めてとかではないんだ」

「殴ってすっきりはしておきたいので」

真剣に言った私に、ミーシャ先輩はくすりと口元をおさえて笑う。

「やっぱあんたたち面白いわ。ひとつ言っておくけど、仕事の進捗が良くなってるのはみんなが慣れてきたから。何より、イリスちゃんとマイルズくんが真面目にやってるのが大きいかな」

「でも、それって私よりルークの方が先輩力高いからじゃないですか？」

「たしかに、彼の振る舞いもさすがのものがあるけどね。でも、あの二人に関しては完全にあんたの影響だよ。あんたが避けずにちゃんと向き合った結果」

ミーシャ先輩は言う。

「自信持ちな。あんた、結構良い先輩なんだから」

あたたかい言葉を大切に反芻する。

（二人が頑張ってるのは私の影響か……えへへ）

にやにやしながら、二人の仕事ぶりを見ていたら、

「なんですかその顔」

「キモいんでやめてください先輩」

と言われてしまった。

（やっぱり全然慕われてないのでは⁉）

愕然とする私は、背後から聞き慣れた零し笑いの気配に、むっとしつつ振り返る。

ルークは、私の視線に気づいて目を細めた。

「先輩力高いからっていい気にならないでよね」

「なってないけど」

「いいや、なってるね」

「じゃあ、なってるってことでいいよ」

「なんか余裕ある感じ……ムカつく」

むむっとした顔で言う私に、ルークはくすりと笑って言う。

よく知っているやわらかい笑み。

「少し話がしたいんだけどいいかな」

歩きだしたルークの後に続く。

ルークは私と二人きりで話したいみたいだった。

季節の花が咲き誇る大王宮の庭園。

緋薔薇の舞踏会のあと、二人で踊ったことを思いだす。

「さっきアーネストさんと話してきたんだ。今回の一件での僕らの働きをとても高く評価してくれてる。七番隊を正式な部隊にするって。君については聖金級《アダマンタイト》へ昇格が決まったって言ってた」

「わ、私が聖金級《アダマンタイト》……？」

想像もしてない言葉にびっくりする。

たしかに、一応副隊長を務めているわけで、聖金級《アダマンタイト》であってもおかしくない立場ではあるのだけど。

「でも、これってルークの最速記録も大きく更新する速さなんじゃ……」

「そうだよ。最年少記録は変わらず僕だけどね。最速記録は大幅に更新することになる」

「そ、そうなんだ」

伝えられた言葉がうまく信じられない。

どうしても現実感がないように感じてしまう。

だけど、つねった頬の痛みはたしかにこれが夢じゃないことを私に伝えていた。

（夢じゃないんだ……）

半信半疑ながらも、あふれ出る喜びを胸に私は言った。

「遂に私がルークに完全勝利する日が……！」

「同時に僕の昇格も決まったんだけどね」

「へ？　ルークも昇格？」

「うん。王国史上初となる八人目の聖宝《メイガス》級魔術師。歴代最年少、最速での昇格」

「…………」

言葉を失う。

最速記録を更新しての聖金《アダマンタイト》級昇格はすごいことだけど、格で言えば聖宝《メイガス》級魔術師になる方がさらにすごい。

ルークはやっぱり意地悪で。

いつもいつも私の先を行っていて。

殴り飛ばしてやりたいってそう思わずにはいられないけれど。

でも、今は怒りよりももっと大事なことがあった。

「よかったね。本当によかったね……」

なんだか少し泣きそうになってしまう。

誰よりもがんばって、たくさん無理してたのを知っているから。

報われないことだって多くある厳しい世界だから。

必死で追いかけていたそれをつかむことができた親友に、胸がいっぱいになる。

目元を拭う私を見て、ルークは目を細めて。

それから、言った。

「今日の夜って何か予定あるかな？」

ルークは言った。

「君に伝えたいことがあるんだ」


王都の広場にある噴水で八時に待ち合わせた。

定時で仕事を終えた私は、家に帰って出かける準備をする。

ルークと会うなら、こっちのいつも着てるやつでいいかなって手に取って。

だけど、今日はいつもと何かが違う気がした。

普段ルークと待ち合わせるときとは違う、特別な何かがそこにある気がした。

しばしの間、じっと考える。

それから、持っている中で一番おしゃれで気に入っている服を手に取る。

「ノエル、どこか出かけるの？」

「うん。ちょっと用事があって」

「もしかして、学生時代からの友達っていうあの方と？」

「そうだけど」

「よくやったわ！　さすが私の娘！　あ、でもそれならちゃんとおめかししていかないとダメよ。どうせ、あんたいつもみたいにまた適当な服を――」

言いながら、扉を開けて私を見て固まる。

「気合い入ってるわね」

「い、いや、普通だけどね。ただ、ちょっと気が向いただけというか」

なんだか気恥ずかしくてそっぽを向く。

「勝負所をわかっている……！　さすが恋愛上級者……！　愛されガール……！」

ふるえ声で言うお母さん。

「さすがの恋愛力だわ。カリスマ恋愛マスターのあんたに、私が言うことは何もない。普段通り貴方らしく戦ってきなさい」

なに言ってるんだろうこの人、と思ったけれどいつものことなので深く気にしないことにする。

不意に、お母さんは何かを思いだして言った。

「あ、じゃあ晩ご飯はいらないわよね」

「いるよ」

「でも、あの方と食べるんじゃないの？」

「いるんだよ」

晩ご飯は何度食べてもいいものだと私は思っている。

おかわりするのだけ控えれば、二回くらいはまったく問題なく食べられるし。

くるみパンとマトンシチューと香味野菜のサラダをおいしくいただいてから、家を出る。

街路の石畳を歩く。

日が長くなった空には、最後の日差しが山向こうにまだ残っている。

何かが始まる前みたいな感じがした。

戻ることはできない決定的な何か。

うまく思考を働かせることができない。

ふわふわした形のない何かが胸の中にある。

いろいろな気持ちが混ざり合っていた。

期待がある。

不安がある。

怖さもある。

だけど、私はそれを聞かないといけないと思っている。

なんだか緊張しているのかもしれない。

三十分も前に着いてしまった。

待ち合わせた広場は、たくさんの人で賑わっていた。

週末の夜だからだろうか。

待ち合わせの定番スポットであることもあって、他にも少なくない数の人たちが誰かを待っている。

噴水の縁に腰掛けて、あいつを待つ。

なめらかな大理石の表面を指でなぞる。

◇　◇　◇

残っていた最後の仕事を終えて、王宮魔術師団本部を歩く。

「聞いたぞ、昇格の話」

知っている声に呼び止められる。

振り返ると、そこに立っているのは入団以来ずっとお世話になっていた先輩。

三番隊隊長ガウェインさん。

見慣れた大きな身体と赤い髪。

「伝えるのか？」

真剣な声にうなずく。

「伝えてきます」

ガウェインさんはにっと笑みを浮かべる。

大きな手が僕の背中を叩く。

何も言わなかったのは、言葉はいらないと思ったからだろうか。
遠ざかる大きな背中。
少しだけ口角を上げてから、僕も背を向ける。
家に帰って、持っている中で一番気に入っている服に着替える。
いや、でも待て。
少し張り切りすぎてる感じがしたりはしないだろうか。
もっと普段通りの服がいいかもしれない、とか考えてしまう。
迷う。
気がつくと時間が過ぎている。
(まずい。急がないと)
結局、一番気に入ってる服を着ることにした。
張り切りすぎてると思われるかもしれない。
それでいい。
僕はずっとこの日を待っていたのだから。
気持ちが入りすぎるのは自然なことで。
当たり前のことで。
(でも、伝え方だけは重くならないように気をつけないと)

学院生だった十五歳の頃から、ずっと秘め続けていた恋心。

ううん、本当はきっとその前から彼女に惹かれていた。

彼女だけが特別に見えたんだ。

他の人とは全然違う。

どんなに人がいたってすぐに見つけられる。

声も顔も身体も性格も。

すべてが僕にとっては最高で。

他の人が変だと言うところも、僕からするとこれ以上ないくらいに素敵でたまらなくて。

傍にいたい。

隣にいたい。

ずっと彼女を見ていたい。

だけど、それは叶わない。

変わらないものはひとつもなくて。

心も関係も時間が過ぎれば変わっていく。

僕らは住む世界が違うから。

ずっと一緒にはいられない。

王宮魔術師団に入ったあの日、彼女がいないことに気づいて立ち尽くしたみたいに。

必ず別れの日がやってくる。

だから、手を伸ばすんだ。

傍にいるために。

誰よりも近くにいるために。

ううん、本当はもっとほしい。

心も体も愛もやさしさも嫉妬も怒りも不満も不安も――

君の全部を僕のものにしたい。

大切にしたい。幸せにしたい。笑顔を見せて欲しい。笑っていてほしい。弱さを見せて欲しい。慰めたい。困らせたい。喜ばせたい。悩ませたい。怒らせたい。からかいたい。笑い合いたい。無茶苦茶にしたい。傍にいて欲しい。僕だけを見て欲しい。好きだと言って欲しい。選んで欲しい。ずっと一緒にいて欲しい。

つまるところ、僕は君のことが好きなのだろう。

世界に一人しかいない、１００パーセントの相手だって思ってる。

そのためなら、他のすべてだって喜んで捨ててしまえるくらい。

君がいればそれだけで、僕は幸せなんだ。

（――って、いけない。これでは重くなってしまう）

頬をかきつつ、準備してきた言葉を反芻する。

重くならないように。
今気づいたみたいな感じで。
自然と歩く速度は速くなる。
君はどんな顔をするんだろう？
驚くだろうか。
困らせてしまうだろうか。
悲しむだろうか。
拒絶されてしまうだろうか。
あるいは、
喜んでくれたりするのだろうか。
思いがあふれ出しそうになる。
やっと言える。
伝えられる。
胸の中にあたたかいものが満ちる。
うまくいかないかもしれない。
それでもいい。
どうか、君と僕にとって一番良いと思える未来が待ってますように。

街路の石畳を歩く。
王都の中心にある広場が近づいてくる。
路地の奥に、広場の外縁部が見えたそのときだった。
不意に誰かとぶつかってバランスを崩す。
敵意も気配もまるで感じないぶつかり方だった。
よろめいて、相手の顔を見る。
長い前髪。どこにでもいそうな個性の乏しい顔。
視界の端に赤い何かが映る。
握ったナイフ。
滴る赤い液体。
思考が白く染まる。
反射的に魔法式を起動する。
しかし、描かれた魔法式は何の効果も発することなく霧散する。
意識が遠ざかっていく。
「お前は知りすぎた」
不気味な声が聞こえる。
身体から力が抜ける。

僕の意識は僕から消えていく。

◇　◇　◇

噴水の縁に座ってルークを待っている。
見慣れた外見のその人が視界の端に映って顔を上げる。
だけど、背格好が似てるだけでそれは違う人だ。
気を取り直して、私はルークを待つ。
何かが始まるような感覚がある。
ルークが伝えたいことって何なのだろう？
それを聞いたとき、私はどうなってしまうのだろう。
不安と期待が混ざり合っている。
待ち合わせの時間が過ぎて、あいつはまだ来ない。
罰として奢らせてやらなきゃと思う。
大理石の表面を指で撫でながら、ルークを待つ。
広場は賑わう人の声であふれている。

【6巻に続く】

特別書き下ろし　冬の花火

好きな人がいる。

ふとした瞬間に気がつくと、僕はその気配を探している。

友達と話す笑い声。図書館で真剣に本を選ぶ横顔。講義室の前の方で授業を受ける後ろ姿。

いつも夢中になって授業を聞いていて。だけど、魔法に関係ない授業だと別人みたいにやる気をなくしていて。

起きているふりをして眠ったり、机の下でお弁当を広げて先生にばれないように駆け引きしながら食べてたりしている。

小柄で食い意地が張っていて、他の何よりも魔法が大好きな変な女の子。

欠けているところも大いにあって。

草を食べているのを見たクラスメイトが「ノエルはないよなぁ」とか言ってたりもして。

だけど、そのすべてが僕は好きだった。

昔は邪魔な平民女だと思っていたのに。

どうしてだろう。

他の人なら嫌だと思ってしまいそうなことも、彼女がするといいなって思ってしまう。

他愛もない会話が楽しくて。ふとした言葉を後で思い返して、大切に胸の奥に仕舞っている。君の目が僕を見てるのがうれしい。

隣にいてくれて、心配してくれて、飾らない姿を見せてくれて。

一緒に寮を抜け出したり、星を見たり、危ない実験をしたりした。試験官が爆発して君の前髪がすごいことになって、「お嫁に行けない……」と絶望する君に、「僕は魅力的だと思うけどな。面白くて」と言って、「またバカにして」と怒られて。

『バカにしてない。本当だよ』なんて言えないことを思ったりして。

気がつくと、ずっと君のことを考えている。

見ていたい。一緒にいたい。声を聞きたい。手を繋ぎたい。抱きしめてみたい。好きだと言ってみたい。心の中のすべてを君に伝えてみたい。

やりたいことは数え切れないくらいあって。

だけど、大切だからこそ怖かった。

知られたら、すべてが変わってしまうかもしれない。

今みたいに近くでいられなくなるかもしれない。

君は僕を親友と言ってくれて。

他の友人たちより少しだけ近くに置いてくれている。

負けたくないって僕のことを睨んで、テストが終わると真っ先に僕の所に来る。

悩んでることとか何でも話してくれて。

一番近くで君を見ていられる。

それだけで十分すぎるくらいに毎日が輝いて見える。

「ねえねえ、ルーク。ちょっといい？」

斜め後ろから聞こえた声に、心臓が鳴る。

心の中が見透かされてしまうんじゃないか。

そんな不安に混じるほんの少しの期待。

いけない、と心の中で首を振り、いつも通りの自分を意識して言葉を返す。

「何？　どうかした？」

「少し手伝ってほしいことがあるんだ。簡単な、本当に簡単なことなんだけど」

「いいけど」

「さすがルーク！　持つべきものは頼りになる親友だね」

弾んだ声に、頬がゆるみそうになるのを我慢しつつ僕は言う。

「何を手伝って欲しいの？」

「図書室の禁忌書庫に忍び込みたいんだ」

「え……？」

何かの間違いだと思って言った僕を見上げて、ノエルは言った。

「学院の禁忌書庫に忍び込みたいの」

「いくら読みたい本があるからって規則を破るのはよくないと思う」

冷たい目で言った僕に、ノエルは「違う違う」と手を振った。

「私が読みたいからって理由じゃないの。そりゃ読みたい本がないわけじゃないよ。そうじゃなかったら入学してから四年間で二十九回も忍び込もうとしてないし」

「めちゃくちゃ忍び込もうとしてる……」

「ダメと言われるとやりたくなるんだよね。禁忌書庫なんて言われるとつい入ってみたくなっちゃうというか」

「気持ちはわかるけどやりすぎだから」

「でも、そのすべてで私は失敗してるの。賢く聡明な私だから、先生には八回しか見つかってないんだけど」

「八回は見つかったんだ」

「罰として演習場走らされたのつらかったなぁ。ともあれ、さすがに私も学習したわけです。ここは、学生の私が入っていいところじゃないんだな、と」

「うん。みんな最初からわかっていることだね」

「だけどそんなある日、フラウ先生が学院を辞めることになったの。ご結婚なさって、遠距離恋愛してたご主人の暮らす南部に行くっていう話なんだけど」

「おめでたい話だ」

「そうなの。私、先生にはある薬を作ろうとしたときにいろいろとお世話になっててさ」

「ある薬？」

「そこは気にしないで」

「でも――」

「気にしないで」

有無を言わさぬ口調だった。

触れてはいけない何かがそこにはあるような気がした。

「わかった。気にしない」

「それでいいの。で、私は個人的に仲の良かった先生なんだけど。死ぬ前に一度で良いから見てみたいものがあるって前に話してて。どうやら、花火って言われているものらしいんだけど」

「聞いたことがないな。どういうものなの？」

「綺麗に爆発する魔導火薬を空に打ち上げて、遠くから眺めるものなんだって。帝国の一部地域や東の国では一般的なものみたい。アーデンフェルドにはない文化だよね。で、先生は一度で良いから見てみたいらしいんだけど、そんな遠くまで旅行に行くお金も時間もないし、いつやってるみたいな情報も入ってこないから難しいって話してて。新婚旅行もそんな移動だけで何週間もかかるような遠くまで行けないって話になったらしくて。『叶えられない願いもあるのが人生だからね』って言ったその横顔がなんだかすごく切なく見えたんだ」

「で、ノエルはその花火というものを先生に見せてあげたい、というわけだ」

「そういうこと。それで、花火についていろいろ調べてみたんだけど、アーデンフェルドの周辺国にはない文化だから資料も全然見つからなくて。そんなときにふと思いだしたの。前に入手した禁忌書庫の蔵書リストの中に、東国の魔法文化と魔道具に関するものがあったなって」

「そこに花火に関する何かが書いてる可能性がある、と」

「設計図が描いてあると思うんだよね。あの本は、危険性のある魔道具の構造図が詳しく描かれていて、だからこそ学生は閲覧禁止ってことになってるみたいだったから」

「だとしても、僕らが作って打ち上げられるかっていうとなかなか難しいんじゃないかって思うけど」

「だからルークに頼んでるわけ。学院が誇る稀代の天才と、そのライバルである私がタッグを組めば、友情パワーでどんな難題もちょちょいのちょい。ばっちり突破して、先生の願いだって叶えられちゃうってわけよ」

「友情パワーか」

ほんの少しだけ胸が痛んで。

「うん、超友情パワー」

だけど、その痛みに彼女は気づかなかったみたいだった。

それでいい。

「わかった。協力する」

「ありがと！　すごく心強い。遂に……遂に禁忌書庫に入れるときが……！」

「本当はそっちの方がメインでしょ」

からかうように言った僕に、彼女は首を振った。

「メインなんてないよ。私にとっては両方すごく大事なことなの。先生に花火を見せたいし、禁忌書庫の魔導書を読んでみたい。花火という魔道具を作ってみたいし、それを通してもっと魔法について深く知りたい。そうしたいって私の心が言ってるんだ」

真っ直ぐな目で言う彼女の姿は、なんだかやけに綺麗に見えた。

その純粋で強い思いは、きっと僕が汚れた世界の中で手放してしまったもので。

だからこそ、眩しく見えてしまう。

好きだなって。

そんな当たり前のことを思った。

禁忌書庫は、学院の図書室の地下にある。

鍵のかけられた扉と、三重の魔法結界。

厳重な管理態勢のその詳細を、ノエルは二十九回の潜入でかなり深いところまで把握していた。

「実はあの扉の鍵って存在しないの。鍵開けの魔法を応用して開けるのが正式なやり方で、だけどそれをするとこっちの魔法結界に探知される」

「二つの防御機構を同時に突破しないといけない、というわけか」

「うん。まずはこちらの魔法結界からだね。簡単に開けられる結界じゃないんだけど、安心して。この結界に多分学院一詳しい私がわかりやすく教えて――」

「大体こんな感じだと思うけど合ってる？」

「…………」

ノエルは何も言わなかった。

くりんとした目が一瞬見開かれた。

それから感情のない目で結界を見つめていた。

「合ってるかって聞いてるんだけど」

「合ってるけど合ってるって認めたくない」

そう言って唇をとがらせる。

笑ってしまいそうになるのを堪えると、ノエルはむっとした顔で僕を睨んだ。

「なんで私より詳しいのさ！　こんな結界授業じゃ使わないじゃん！」

「家で使われてたから。解除の方法も実家にいた頃に仕込まれたし」

「学院入学前にこの結界を……」

ノエルは愕然とした顔をしていたけれど、すぐに気を取り直していつも通りに戻った。

「まあ、今は私も同じくらいできるからいっか。英才教育受けまくりな天才様と独学で張り合ってるって結構がんばってる感じがするし」

「独学の方法が禁忌書庫への潜入じゃなかったら、もっとよかったんだけどね」

「そんなに褒めないでよ」

「褒めてない」

真顔で言った僕に、さして気にしていない様子でノエルは扉の鍵に向けて魔法式を起動する。

二十九回失敗したというだけあって、その難度は僕でも初見ではとても開けられないレベルだったけど、ノエルは豊富な失敗経験で解錠に必要な魔法式の急所を把握していたみたいだった。

黄緑色に発光する魔法式。

かちり、と音がして扉の鍵が開く。

「遂に……遂にこのときが！」

興奮した様子で扉の取っ手に触れるノエル。

そのまま、開けることはせずじっとしていた。

「なんで開けないの？」

「すぐに開けたら勿体ないでしょ。じっくり時間をかけて、禁忌書庫デビューを全力で楽しまなきゃ」

「楽しむようなことじゃないからね」

「はじめまして！　私が来たよ、禁忌書庫ちゃん！」

扉を開け、興奮した様子でステップを踏むノエル。

魔導灯の灯りに照らされた禁忌書庫は、無機質で整然としていた。

しんと冷えた空気。

窓はなく、地下室特有の不思議な圧迫感が感じられる。

蔵書は鎖に繋がれ、持ち出しができないようになっていた。

「すごい、学生には読めない本がいっぱい……これが禁忌書庫……！」

ノエルは秘密の宝物庫を見つけたみたいな顔で言う。

「えっと、まずはあれを読んで――いやこっちの『教皇セイロスの奥義書』も興味深いな。でも、ずっと読みたかったのは『トリポネエスカ精霊の書』で――」

「東国の魔法文化について書かれた本でしょ」

「そうなんだけど、ちょっとだけ。ちょっとだけだから」

「ダメ。どんな材料がいるかもわからないし、時間も限られてるんだから」

「…………けち」

「協力するのやめて帰ろうかな」

「わかった、ちゃんとやる！　ちゃんとやるから！」

上ずった声で言うノエル。

僕が帰るかもしれなくて慌てた姿がうれしいのは内緒だ。

「みんな、一冊残らず私が読んであげるからね。待っててね！」

言ってから、ノエルは慣れた様子で目当ての本を棚の中から見つける。

高いところにあったそれを、ジャンプして本の上部に指を引っかけて器用に倒す。もう一度ジャンプして、棚の中から本を取った。

分厚い本の表紙には『東国魔術の神秘』と書かれている。

「目次を見るに、多分このあたりかな」

ページを捲り、花火と呼ばれる魔道具の製作法が書かれた項目を探す。

「これが花火……」

未知の魔道具の構造図を二人でのぞき込む。

自然と顔が近づいてどきりとする。

だけど、彼女の目は一心に本に注がれている。

僕は意識していないふりをして、本を見つめる。

「なんかあんまり綺麗じゃないね」

「うん。単なる火薬の玉というか」

「これが本当に綺麗なのかな」

首をかしげるノエル。

「でも、綺麗なのは空で爆発したときのことって話でしょ」

「そっか。じゃあいいのか」

本を持ち出すことはできないから、持ってきた手帳に製作法と構造図を書き写す。

「材料の調達はそんなに難しくなさそうかな。使われている魔導火薬もそんなに高いものじゃなさそうだし」

「むしろ編み込む魔法式の精度が大事そうだね」

それから、手帳に書き写した構造図を頼りに、早速花火作りに取りかかった。

買ってきた魔導火薬を調合し、光の元になる小さな火薬玉と、それを遠くに飛ばすための大きな火薬玉を作る。

厚紙で作った半球状の外殻。その外側に小さな火薬玉を詰め、紙で仕切りを作って中心に大きな火薬玉を詰める。

仕切り紙と火薬玉、外殻に魔法式を編み込み、空中で綺麗に展開して発光するよう調整する。

二つの半球を組み合わせてひとつの球にして、外側から紙を糊で何重にも貼って固定する。

床でころころ転がして空気を抜き、天日干ししてさらに乾燥させる。

「一応書いてあった通りにはできたけど、これでいいのかな」

首をかしげずにはいられなかった。

できあがった花火は、外から見ると厚紙を重ねて糊で固めた球体にしか見えない。

発光する魔導火薬と魔法式が詰めてはあるけれど、これが本当に綺麗なものなのだろうか。

「大丈夫大丈夫。九個作ったし、一個くらいは良い感じにできてるでしょ」

ノエルは最初から数を打って当てる作戦だったらしい。

「あとは打ち上げ用の筒を土魔法で作って、と」

付与魔法で強化を重ねた大筒に打ち上げ用の魔導火薬を詰める。

九つの大筒が並んだ光景は、なかなかに壮観なものだった。

「これ、バレたらめちゃくちゃ怒られるよね」

「ちっちっち、甘いねルークくん」

ノエルは自信に満ちた表情で言う。

「こんな格言を知ってるかな。バレなきゃ何ひとつ問題ない」

「…………」

僕は今すぐにこの一件から手を引きたくなったけれど、ここまで協力してしまったからには仕方ない。

吐く息が白く濁る冬の日だった。

今日は先生が出勤する最後の日で、僕らは仮病を使って、授業を抜け出していた。

「保健室で使われている体温計はね。本気で振れば微熱にできるんだよ」

秘伝の技を教えるみたいに言って体温計を振りまくるノエルを横目に、暖炉の火を使って体温計の温度を上げる。

くるまって寝ているみたいに見えるよう掛け布団を調整して、窓から学院を抜け出した。

外の広場では、全生徒が出席する集会が行われている。

先生が最後の挨拶をするその視線の先に、私たちの花火が打ち上がる予定だった。

「ルーク、挨拶が始まったっぽい。着火だ」

様子を見ていたノエルが走ってくる。

導火線に火をつけようとした僕は息を吞んだ。

冬の朝露が染みこんだことで、導火線が湿気っている。

この分だと、花火の下に敷いた火薬にも少なくない影響が出ている可能性が高い。

「どうしたの。早く着火しないと」

近づいてきて、ノエルが言葉を失う。

打ち上げ用火薬の一部と導火線が使えなくなっていることに気づいたのだろう。

「どうしよう。どうやって打ち上げれば」

「落ち着いて。大丈夫、方法はある」

「方法って――」

「僕らの魔法で打ち上げる」

正直に言って、自信はなかった。

花火を魔法で打ち上げるなんて、僕にはまったく未知の経験で。

だけど次の瞬間には、ノエルの目から迷いはなくなっていた。

「やろう。私たちならできる」

既に腹をくくったのだろう。

頼もしい。

何より、僕の提案を信じてくれる。

その信頼をうれしく思う。

「僕が炎魔法で火薬を強引に起爆させる。ノエルは――」

「風魔法で思いきり吹っ飛ばせばいいんでしょ。任せて」

息を合わせ、魔法式を展開する。

火薬が発火する。花火玉が放たれる。

舞う九つの花火玉をノエルが風魔法で空に打ち上げた。

◇　◇　◇

それは、今日が最後の出勤になるフラウ先生が、生徒への挨拶を終えた直後のことだった。

その光景を、フラウは幻だと錯覚した。

空の中に咲く光の花。

美しく瞬くそれは、次から次に広がって、消えていく。

少し遅れて聞こえる火薬が弾ける音。

ずっと見てみたかったものが目の前にある。

手が触れられそうなくらい近くで空を覆う光の球の群れ。

「なんだ、あれは――」

困惑した同僚の声。

目を奪われる。

言葉が出てこない。

魅入られたみたいに見つめている。

何より彼女の心をふるわせたのは、そこから感じる自分に対する思いだった。

ずっと見てみたくて、憧れていて。

だけど現実的なことを考えてあきらめていたこと。

門出を迎える自分にそれを見せようとしてくれた。
願いを叶えようとしてくれた。
きっと簡単なことではなかったはずだ。
花火についての情報を得るのがどれだけ難しいか、フラウは誰よりもよく知っている。
そのために越えないといけない障害は多くあったはずで。
たくさんがんばってくれたはずで。
だからこそ、その素朴な花火は強く彼女の心を打った。
多分、本物の花火職人が作った花火を見たときよりも強く——
(ありがとう……)
煙が残った空。
彼女の瞼の裏には、現実以上に美しい光の花が残っている。

◇　◇　◇

失敗するかもしれないと思っていた。
ひとつうまくいけば十分だってくらいに思っていた。
だからこそ、ルークは空に咲くそれに目を奪われる。

下から見た花火は、放射状に光の玉を広げる。
空一面に大輪の花が咲いたように錯覚する。
九つの光の花が空に瞬く。
それは、言葉を失うほど幻想的な光景で。
だけど何よりも、ルークが目を奪われたのは隣にいる彼女の横顔だった。
見上げるその顔が、昼の光よりも眩しい光に照らされる。
ルークが今までに見てきた何よりも綺麗な光景がそこにはあった。
頭が真っ白になる。
魅入られたみたいに何も考えられない。
「好きだ」
気がつくと、言葉がこぼれ落ちている。
だけど、花火の音にかき消されて彼女には何も聞こえなかったみたいだった。
安堵とほんの少しの落胆。
胸の奥にある許されない思い。
いつか伝えられる日が来ますように。
隣にいる彼女に気づかれないように、そんなことを願った。

あとがき

あとがきに何を書くべきだろう。

それは中々に難しい問題です。

何を書いても蛇足な気がするけれど、拙作を買ってくれた皆様にはできる限り最大限の感謝を伝えたい。

よし、自分を切ろう。

文字通り出血大サービス、ということで今回は葉月の残念な過去についてのお話。

白状しますと、葉月には12歳から20歳くらいまでずっと好きだった人がいました。

12歳のときからなんとなく良いなと思っていたその子と、14歳のときに席替えで隣の席になって、奇跡みたいに仲良くなれたのは、葉月にとって人生で最も幸運な出来事のひとつでした。

小学校高学年まで転校が多く、「人間は一人で生きていかないといけない」なんて悟ったようなことを思っていた思春期葉月は、完全に彼女に脳を焼かれました。

周囲で葉月とその子が付き合ってるみたいな噂が流れたことがありました。彼女は「ごめんね。私とそんな噂が立っちゃって」みたいなことを言いました。葉月は幸せでした。

しかし、葉月は何においても行動するより先に考えすぎてしまう類いの人間です。

もし失敗したら、友達でもいられなくなるかもしれない。

何より、こんな自分を受け入れてもらえるだろうか。

臆病な葉月は結局思いを伝えられませんでした。

彼女とは高校でも同じクラスでした。本当のことを言うと、彼女がいたから文系の進学クラスを選んだという理由も20パーセントくらいあったのです（化学が死ぬほどできなかったというのも大きな理由だったのですが）。

時間が経つにつれ、友達としての関係値は薄くなっていきました。彼女には彼氏もできたりして、葉月は彼女と付き合う夢を見た後、もうそんなことはないのだなと思って泣きました。

違う大学に進学した後も、しばらくそんな気持ちは続いていました。

情けない話ですが、今もそんな気持ちは少しだけ残っています。

チャンスがあるなら、最後の決戦をするべきなのかもしれない。

同時に、知らない方が良いこともあるのかもしれないとも思います。

自分の中の彼女は、現実の彼女よりも綺麗になりすぎている。客観的に見て、そういう側面があるのは間違いありません。

彼女も同じ人間だから、ろくでもないところや醜いところも絶対にあって。

実際に付き合ってみたら、全然違うってなってしまうかもしれないわけで。

そんな風にうだうだ考えて、結局勇気の無い葉月なのでした。

でも、ひとつだけたしかなことがあります。

それは、葉月が今こうして小説家として生きていられるのは、間違いなく彼女のおかげだということ。

友達よりも両親よりも勉強よりも部活よりも、彼女を見ていた年月は葉月にとって大きな物語に向かう栄養になっています。

伝えられない感謝を密かに伝えつつ。

ふがいない自分の血が注がれているこの物語が、皆様にとって良いものであることを願っています。

うまくいかなかったことにもきっと意味がある。

弱さも情けなさも、思い返して「ああ……！」ってなる残念な記憶も抱きしめつつ、自分に優しく生きていきましょう。

恥の多い人生だって、一生懸命生きた結果なら、きっと尊いものだって思うのです。
悲しい経験も、どうか前向きな力に変えて進んでいけますように。
お互い良かったり悪かったりする毎日を送っていきましょう。
本当にいつもありがとう。
皆様のおかげで生きていられます、と心からの感謝を込めて。

結婚する妹の幸せを願う十二月　葉月秋水

ブラック魔道具師ギルドを追放された
私、王宮魔術師として拾われる
～ホワイトな宮廷で、幸せな新生活を始めます！～
原作《げんさく》：葉月秋水《はづきしゅうすい》・necömi《ねこみ》
漫画《まんが》：鳥飼《とりかい》やすゆき
ガンガンONLINEにてコミカライズ版連載中！

私、王宮魔術師として拾われる
1
2
葉月秋水・necömi
鳥飼やすゆき
コミックス
1・2巻
好評発売中!

SQEX ノベル

ブラック魔道具師ギルドを追放された私、王宮魔術師として拾われる
～ホワイトな宮廷で、幸せな新生活を始めます！～ V

著者
葉月秋水

イラストレーター
necömi

2023年12月7日　初版発行

発行人
松浦克義

発行所
株式会社スクウェア・エニックス
〒160－8430
東京都新宿区新宿6－27－30　新宿イーストサイドスクエア
（お問い合わせ）スクウェア・エニックス　サポートセンター
https://sqex.to/PUB

印刷所
図書印刷株式会社

担当編集
稲垣高広

装幀
村田慧太朗（VOLARE inc.）

この作品はフィクションです。
実在の人物・団体・事件などには、いっさい関係ありません。

ISBN978-4-7575-8949-0　C0093　　Printed in Japan